町工場の宮沢賢治になりたい

山元　証

ラグーナ出版

町工場の宮沢賢治になりたい——目次

第二部　思い出の欠片《かけら》を掌《たなごころ》のなかで温める

■プロローグ

〝会社に殺される！〟

妻のかん高い叫び声がこだまのように響いては消えていく。

場面は急に変わる。

「趣味で経営をやっている！」

「社員は皆不満を持ってこのままでは次々辞めていく！」

周囲からの罵《ののし》る声が私の疲弊しきった心に容赦なくムチを打ち付ける。淡々と営業成績を説明し、私のやり方を批判する冷徹な監査役の大きな顔が私を恫喝するかのような獣の目付きで容赦なく、そして寸分の狂いなく襲う。うなされて、うなされて、もがきながら大声で何かを叫ぶ。

目が覚めると全身汗びっしょりになっていた。

傍らで妻はまだ寝息を立てている。

時計を見ると夜中の二時だ。のろのろと起き上がり、洗面所に行ってうがいをし、顔を洗う。ぼうぼうの髭の中に憔悴しきった自分の顔がある。その時、もう一週間も髭さえ剃れていない自分が鏡の中にいることに気が付いた。

二〇〇×年のその日、義父の所有する軽井沢の別荘に、私は引きこもり人間としてのみ存在していた。会社が怖くて出社できないでいた。

やることは妻が作る三度の食事を食べることと、愛犬のゴールデンレトリバーとミニチュアダックスを朝と夕方散歩に連れていくことのみの日々であった。

「軽井沢に行きたい！」

季節外れのその時期に妻にそう言ったとき、義父は「絶対にひとりで行かせちゃだめだ！」と妻に言ったそうだ。

日中、ひっきりなしにお客様から携帯に電話がかかってくる。その時だけは何事もなかったかのように愛想のよい営業マンに変身する。終わって傍らに携帯を置くと、「ふーっ」と深いため息をつき、湿った布団に横になる。

うつろな目付きが天井を見てはあてどもない彷徨を続ける。

なぜこんな自分がいるのだろう?

なぜこういうことになってしまったのか?

自分の半生を反芻してみる。五人の町工場に入って三〇年以上がむしゃらに働いて、中国やアジアに進出した。一〇〇社以上の多くの一流企業と取引口座を自らの手で開設した。携帯電話向けスイッチ部品を規格化し、技術を極め世界シェアの一〇%台を獲得した。途中までは無我夢中で自分のことだけを考え、社員やサプライヤーさんたちのことを考える余裕はなかった。

そうして幾多の紆余曲折を乗り越えて思ったのは、「幸せとは何だろう?」ということだった。出した答えは「経営者は共に働く社員の幸せを創り上げるための黒子になる!」だった。

そう思い立って経営の中枢にいた私がやったことは、年二回のパートさんやアルバイトを含む全社員の個人面談で、徹底的に社員の不平不満を公私共に聞くこと。隔週金曜夜に自宅のテラスで妻手作りの料理でホームパーティを開き、五~六人ずつ各部署の交流を図るようなやり方だった。交流の中で仕事に対する本音が出てくる。

根底では、プロダクトイノベーションの飽くなき追求と激変する経営環境への素早い対応のためにも組織スラッグ(余裕資源)の維持という考えがあった。

組織にはある程度遊びがないと社員はルーティンワークという安易な方向に流れ、単なる時間での労働供給に自己満足してしまう。労働生産性が得られなくてもそのことは経営者の問題と、対価への不満を漏らすことになる。

さらに杓子定規な組織には必ずコンフリクト（対立）がある。製造VS営業がその代表的なものである。

ところが木を見て森を、否、林さえも見ない愚かな経営者はこのコンフリクトを、権限を持つ自分に力が集約できる道具として利用してしまう。社員を適当に飲ませてガス抜きを図り、真の問題に踏みこもうとする勇気は持ち得ない。現実に面と向かわない限りは、組織の成長はあり得ない。私が目指したのはコンフリクトマネジメントであった。

マネジメント領域では、教育とイノベーションを労働生産性に反映してゆくソロー残差、いわゆるTFP(全要素生産性)を推進していくのが最終目標だった。ところがそうしたアプローチは妻にとって相当な負担だったことが後になって分かった。

組織維持のためとホームパーティーを開くことへの負荷に不平不満の一つもなかった妻が過労でめまいを起こして倒れても、妻の姉に頼んでこれを続けた。自分の最も近しい人を犠牲にしてまでのこの手法は間違いだったことを後に悔いることになるのだが……。

次にやったことは自社の仕事をお願いしているサプライヤーさんの中でもとりわけ現場に近い、第一線の営業マン、部品や素材を現場で作ってくれている職人たちを年一回、会社の中庭に招待し、バーベキュー大会を開いたことだった。男性社員が肉を焼き、女性社員がビールを注いで回る。そこに現場同士の交流が生まれる。

ポーターの五つの競争要因を転じて、競争しないことを競争する組織原理を貫き、内外でシナジー効果で収益を計る狙いがあった。内外のシナジー効果は暗黙知につながる。暗黙知と暗黙知との結合はそれまでに予測していなかった技術の創発を産み出す。

この混合暗黙知の次世代への継承として、私はビッグデータ等を活用したデータマイニングによる限りない数値化とロジカルシンキング、新たな創発を目論む。これが、アジアに差をつける次代のものづくりであると考えた。

そのためにも対個へのマネジメントにもメリハリが必要だと思っていた。対策としてはＭＢＯ（Managment By Objective）。いわゆる目標管理の仕組みを作り、社員一人ひとりに自分の作業上の目標を立てさせ、それを精査した上で、大会を開き自己宣言させた。目標に対しておろそかになる人間あるいは部署には手厳しくチェックを入れた。

リーマンショックの嵐の後の荒廃した経営の中で澱んでいた社員たちの死んだような目に、

与えられたルーティンをこなす退屈な毎日ではなく、自らの手で自らの人生のＰＤＣＡ（Plan, Do, Check, Action）を作っていくことで、徐々に昔の輝きが戻ってくる。少なくとも私にはそう見えた。リーマンショック後、最初の決算でさえ対前年比で営業増益と結果もついてきた。

個が創発に貢献し、インターナルマーケティングに向かっていく中でとても重要なことは、個の品質である。

私が掲げた理念はごくごくシンプルだった。

心質→品質←人質。

その手法は、

・嘘をつかない
・約束を守る

の二点のみであった。

主要取引都市銀行の支社長は掲示されたこの理念に感銘を受けて、行内に掲示すべくコピーを持ち帰っていった。

ところが結果として、こうしたことは〝趣味の経営〟と他の役員たちから一笑に付され、彼らの手酷い反発と中傷を受け、徐々に私は孤立無援の状態に追いやられていく。

社員が全てに融合していくコンフリクトマネジメントへの反発は私の想像をはるかに超えた。

マネジメント論の中で結託戦略という言葉がある。自己の利益享受のために戦略的に他者を排除する形で、闇で手を組む内部取引の意味が言葉の中に込められている。

当時、実務と職務実行能力は徐々に組織的に社員自らの手で創り上げられつつあった。そのことが彼らの危機感を必要以上にあおった。

結果として、その危機への対応は他の経営者たちの私を排除する！という形で行動に移された。

それは前触れもなく、まずは水面下で浸透していった。嫌がらせや陰での誹謗中傷、無理やり開催する経営会議での飽くなきバッシングがとめどもなく続いた。それはいつも一人対多数と言ういびつな形のものだった。

そうした毎日は、〝たった一人で闘う！〟という私固有の昔から揺らぐことはなかったはずの信念をくじく。

徐々にその気持ちは萎えていった。

「自分のやっている事は間違いなのだろうか？」

自問自答の日々が続く。

そして意識も定かでないうつろな目の自分が出没するようになっていった。そうした日々の中で、うつの症状は内面から肉体に如実に表れてきた。

毎朝、朦朧として目覚める。

激しい吐き気。

頭痛。

心臓は早鐘のように打つ。

息が苦しくてまともに呼吸できない。

ベッドから状態を起こすことが心理的にも物理的にもできない。

そして、出来ない自分を、別の自分が「怠けている！」と責める。

それでも、遅刻しながらも出社し、出張も繰り返していた。

外出中、駅のホームで、道を歩いていて、突然、心臓が早鐘を打つ。苦しくて苦しくて、ホームにしゃがみ込んで鞄に手を伸ばし、抗うつ薬を手探る。服薬後、ベンチに座って少し休むと徐々に体が動くようになってくる。そうした中でも、突然のように携帯が鳴り、会議の呼び出しがかかる。次の瞬間、再びホームにへたり込む自分がいる。

見かねたかかりつけの精神科医は、「三カ月の休養は必ず取ること。絶対に出社してはいけない」と診断書を私に渡し、必ず会社に提出するように言う。

社員に迷惑をかけるわけにはいかないと提出をためらっていた私だが、ある日どうにも息が苦しくていてもたってもいられなくなり、とうとう、診断書を提出した。ところが、完璧に結託戦略に出ている彼らによってそれはいとも簡単に握りつぶされてしまった。

それでもルーティンだけは何とかこなしながら出社し続けたある日、とうとう私に最期通告される日がやってきた。その日も、会議中苦しくてへとへとになり、中座して抗うつ薬を飲んで帰ってきた私に、監査役はこう告げる。

「社員は就業規則で守られているが、役員は会社と契約関係を結んでいるに過ぎない」

「貴方のことを守る人は誰もいない」

それらの言葉が彼らの総意であることが分かった私の中で、長い間持ち続けてきた耐念が瓦解した。とうとう、最期を決断する時がやってきたことを私は悟った。さらにこうも思った。

遺書は美文でなければならない。

遺書は高潔でなければならない。

可能な限り多くの怨嗟の念を遺書には込めねばならない。

その日の夕方、私は書店に入った。その事がその後の人生を大きく変えることになろうとはそのときは思わなかった。

そこで一冊の本を何気なく手にした。

『日本で一番大切にしたい会社』というタイトルのその本のページを開いた私の手は次の瞬間から無意識にページをめくり続けていた。やがて全身に稲妻が走ったかのような衝撃が起こっていた。

みんな自分じゃん……。

思わずつぶやいていた。

そこに書かれていた会社の経営者の「社員を第一に考える優しさと厳しさ」こそが自分が目指したものだった。

あくる日、思い立って本で紹介されている同業の一社に電話し、社長に面会を申し出た。いきなりの申し入れにも関わらず、社長は快く受け入れてくれた。

創業以来、七〇期連続黒字の兵庫県豊中市の田舎にあるその工場には、昨年五五〇人が工場見学に来たそうだ。社員九〇人の製造工場で働きたいと、大卒の男女が毎年第一志望で二〇人位面接に来る。驚いたことは、社長の一番の仕事は社員の個人面談と言われたことだ。この仕事が最も大事で、そして人生で最も疲れる仕事だと言う。

「同じだ!」と思わず叫びたくなった。私も毎回の社員の個人面談中は、疲労困ぱいして家に帰って食事をとる気力さえなくなる。

工場内を案内してくれるとき、社長はどの職場でもいつも若い社員たちと立ち話している。女性社員が重い荷物を運ぶときは、「腰痛めまっせ」と六十歳はとうに過ぎているのに一緒に運んでいる。私はそこに町工場のユートピアを見た気がした。しかし、それはユートピアではなかった。

現実に『日本で一番大切にしたい会社』の社員たちは、生き生きと限りなく一〇〇パーセントの力まで出そうと社長のために働いていた。社員たちのオーラを強く感じた。

その夜、私はようやく生死のはざまに停滞していた自分を、自身で着実に一歩前へと踏み出すことができた。六十歳を目前にして、私の人生の生き様から迷いという二文字が消えた。

自分の今いるべくはこんな場所ではない！

限られた人生を、残り少ない人生を、惰眠をむさぼるようなフリーライダーたちが憚るような経営環境で低俗な生き方だけはしたくない。

もうこれ以上、己をだまして、だました己に無理強いを課したくはない！

残りの人生は今まで培ってきた知脈、人脈そして、社員を大切にする社長のいる全国の町工場の為にこの身をささげることにしよう。

私は新しい出発点を迎えていた。


三カ月後、私は新会社を設立した。

起業するにあたり、テーマは「町工場の仕事を増やす！」ということ一つに絞った。私のやることは、工場のシステムとそれを形作る社員に、そのための道具を与え、さらには彼らが自ら道具を創りだすことへの手助けである。ボーダーレスな、と・も・だ・ち作戦と称して私の上げた手法は左の図の通りである。


ここの肝は各会社において同じ職場に就いている人間、例えば、製造＝製造、営業＝営業、

ボーダーレスなと・も・だ・ち作戦 at ものづくり拠点群一例

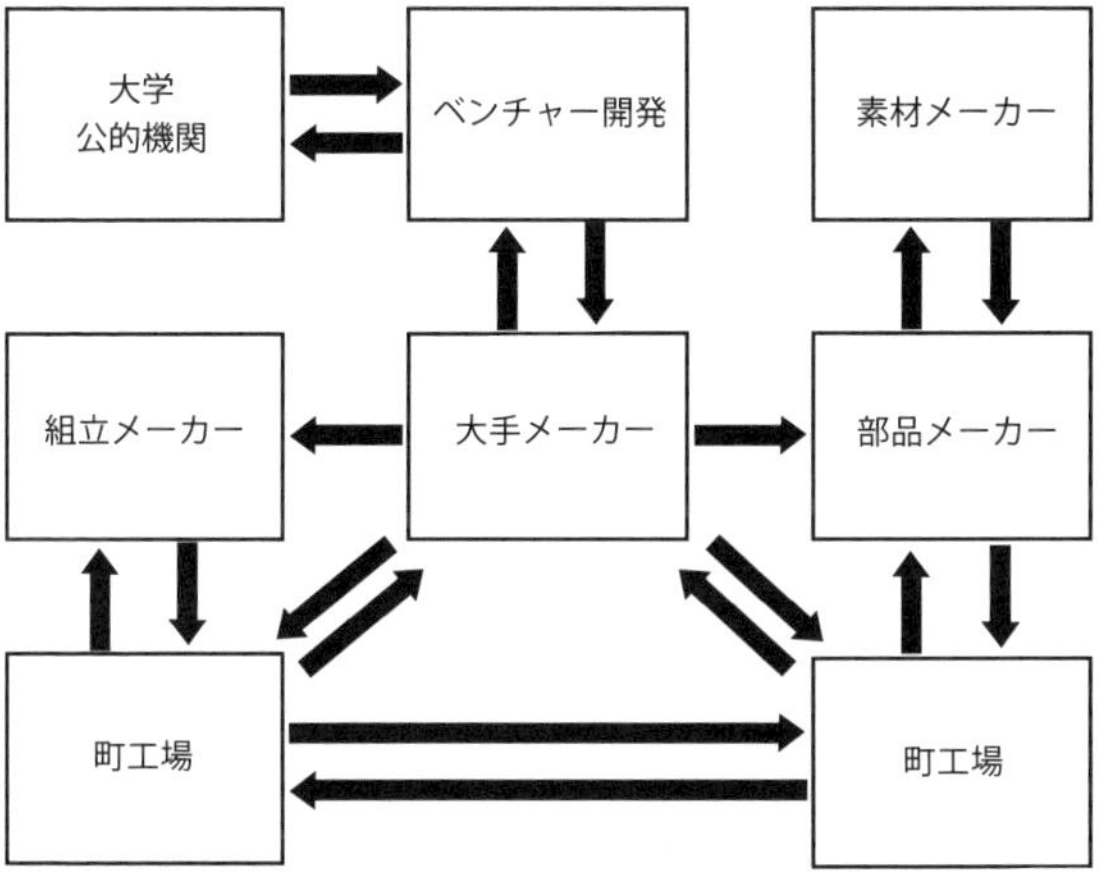

設計＝設計、総務＝総務、品質管理＝品質管理が「ともだち」になることである。

同じ職務は世代を超えた共感を生む。そこに強力なシナジー効果と創発が生まれる。導入として私の用意した道具は次のようなものである

・客先とサプライヤーのつなぎ（点と点、線と線、面と面）
・新分野に進出していく為のパートナーづくりとコネクティング（協業）
・社員のベースとなる力を上げていく、技術、知識、心の研修
・海外展開へのプロセスの手伝い
・新素材開発とその後の商品化を面でつなぐ

元祖バックパッカーをヨーロッパでやった青春時代からアジアバックパッカービジネスマンを経た経験、町工場で大手の取引先を一〇〇社以上開設した人脈を基に、経験を後世の人々に伝えていきたい私の切実なる社会への置き土産としてこの構想を考えた。

そして、これらを達成できた暁には、再び世界に冠たる強い大中小の製造業群（産業クラスター）ができると信じて活動を始めた。

しかし、現実は石もて前職場を追われた私に声をかけてくれる人などいない。話しかけられることさえ迷惑に思う人も多かった。ビジネスライクという言葉が心にしみた。

だが、世の中捨てる神ばかりではない。私に手を差し伸べてくれたのは、十歳以上年上の、若い頃から可愛がってもらっている七十歳代の経営者たちであった。

ある人は私と同じような状況で六十歳を手前にして独立した苦労話と、いかにして年商一〇〇億の会社を育て上げたかを思い出話として熱く語ってくれた。

彼らはそして、いくつかの仕事のネタや人脈を紹介してくれた。こうした人生の酸いも甘いも知り尽くした経営者たちの庇護を受けて、会社を起こして三年半、曲がりなりにも社会に少しはお役に立てるようになってきた私がいる。

本書は二部で構成されている。

第一部は「無私の心」を共通して感じる三社を取り上げた。無私とは何なのか？　自分を犠牲にし、押し殺してしまう滅私奉公とはちょっと違う気がする。無私とは文字通り、自分がないということだ。柳の木のように、風に抵抗せずゆらゆらと揺れている状態とも言えるが、自身の都合で意思決定することのない他己意識（まずは、一番に相対する人を良く見て、できうる限り、その心の内奥に入っていきながら自分とその人との最良の関係を選ぶ）が自然にできる人を無私の人といえると思う。現代版仙人とも思う。現代版仙人は無益に他人に尽くすのではなく、世の中の流れに逆らわずゆらゆらと木の葉のように舞いながらも本質は大きな一本の幹で大地の奥へと根を張ってゆく。

私は人生の中で他己的に生きることを目指した。しかしその大部分が失敗だった。自己を犠牲にするような言動は、二つの逆流動性を生む。

一つ目は、自己を犠牲にする限界にきた時に自己の最も愛する人に甘えて彼ら、彼女らを犠牲に巻き込んでしまうことだ。結果、愛する人を不幸にしてしまう。

二つ目は、そのことにより、他者は甘えてどんどん利己的になり、最後には窮屈に縮こまった自分しか残らなくなり、結果的に相手への怨根という概念をもたらす。

しかしながら、この私の無私の観念がどのようにして生まれたかを反芻すると、母親の生きざまと、ある日偶然にも見聞きした母の嗚咽が私の少年の心を強く揺さぶり、母から学んだ無私の心、そして六歳の頃、亡くなったひいおばあさんの、天使のような無私の心の美しさが私の心の幹を成していると思う。

大好きだった、否、今でも一番大切な人であるひいおばあさんの厳かな死を間近に見た少年は、死とはこういうものだとの現実を知り、翌日から布団に入っては死というものがやがて自分にも訪れる恐怖と戦った。

大人たちはこの問題をどう自分の中で解決しているのだろう？

毎日、農作業に精を出している、隣のおじさん、親戚のおばさんは死ぬことが怖くないのだろうか？

いや、そんなことはない！

皆怖いはずだ。

それなのに、皆、朝は〝いやんばいです〟（今日はいい天気ですね）とにこやかに挨拶している。

そんなことより、死の問題を何とか解決する方法を大人たちは話し合わなくても良いのか？

寝床でそんなことを考え、自分の身に降りかかる末尾を考えると、とても絶望的になり、闇の中で私の体は、底なし沼に永遠に落ち続ける。

第Ⅱ部では、そんな幼い日々からの想いの欠片を拾い集めて掌《たなごころ》で包んでは反芻してみたいと思う。

第一部

洗練された心をもつ人々が集う場所

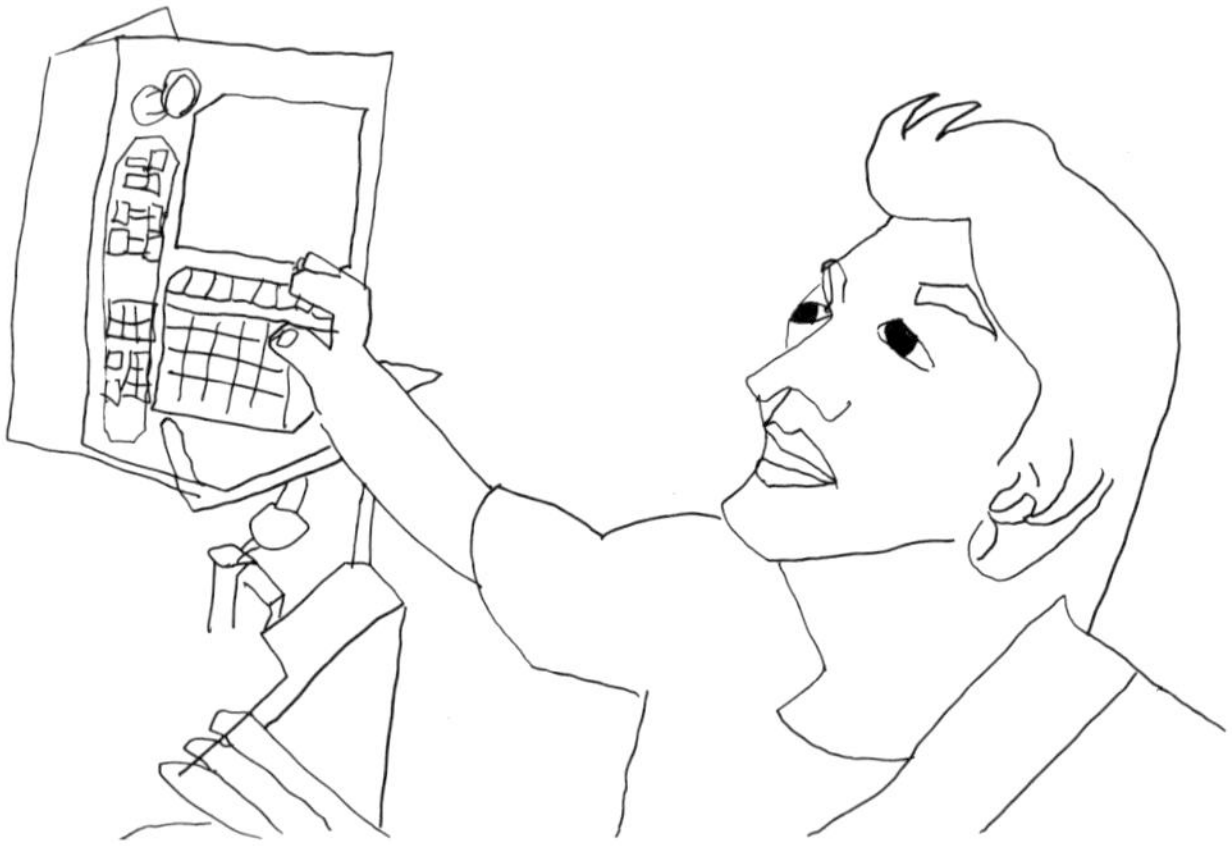

ヨシズミプレス

自然体な親子経営者を支えるしなやかさと強さ

～下町の町工場を支える女性～

その工場に入ったとき、これまでとは違う不思議な感覚を持った。

町工場の多くはトップダウンの会社が多い。それは社長の人格、つまり押しの強さが前面に出ているいないに関わらず、社長の命令は一〇〇パーセントというのが普通だ。良い事も悪い事もすべては社長にかぶさってくる。その中で、無抵抗で社長に従属する社員に言葉は悪いが去勢されたようなものをそこに感じる。町工場の多くの社長が言う。うちの社員は大人しい。しかし、それは大人しいのではなく去勢されているのだと私は思う。

都内の下町にあるヨシズミプレスには、そういう雰囲気が一切ない。何というか、現場の社員が自らの範疇で働いている。

その中で困難に陥ったとき、社員はまだ三十歳代の専務に相談にくる。専務は的確な指示を出し、自ら現場に入っていって共に考える。ここの社員は皆若く二十歳代～四十歳代である。町工場でよくある糞づまりを感じない。ヨシズミプレスのこの雰囲気は一体どこからきているのだろうか？

そこには一人の女性の存在が寄与していた。

二十歳代前半でヨシズミプレスに入り、勤続二〇年以上の女性である。今まで数多くの町工場の女性を見てきたが、この女性Oさんはとても不思議な魅力を持っていると思う。

ヨシズミプレスの社員は一五名。中小企業の中でも小規模に属する（社員二〇名以下の製造業は小規模企業と定義される）。二〇一三年中小企業白書によれば、少数社員数の女性雇用率は四六・七％で大企業を一〇ポイント上回る。また、いわゆる管理的職業に従事している女性の割合も社員一～四名で一八・八％、ヨシズミプレス規模の会社で一五％と、これも大企業の女性管理職登用率を大きく上回る。

ただ、私の見るところから判断するに、多くの女性はどちらかというと経理畑から上がってきて、社長の金庫番をしながら現場にも徐々にその影響力を増し、憎まれ役を買って出ながらも社長の信頼は一貫して厚いのが現状である。

しかし、このＯさんは全く違う。

もともと彼女がヨシズミプレスに入ったのは子供を保育園に入れるために働く必要があり、保育園と自宅の中間にヨシズミプレスがあり、当時そこで社員募集の張り紙を見たからである。子供が小中学校に行っても状況は似ていた。彼女が他の社長のサポート役女性と決定的に違うのは、現場の品質管理での入社というところである。

Ｏさんは「最初はこの仕事のことは右も左もわからなかったけど、社長が私にもわかるような教え方をしてくれた」と言う。測定器の使い方のことである。

Ｏさんは当然のように現場の男の職人たちに好まれる。彼女は自らを現場の憎まれ役と言うが、Ｏさんの人間性は大海の海原のような……というか深山の森に包まれたような感覚。それは若手社員の母性本能を大きくくすぐる。

気恥ずかしい話だが私もＯさんに最初に会ったときに感じた不思議な居心地の良さは実はその母性本能にあったのだと思う。話しぶりもゆったりとしていて、とてもおっとりとした女性である。そして何より社長を大好きである。Ｏさんばかりかヨシズミプレスの社員は皆、社長を大好きだ！

社長は、機械いじりが好きで、それしか興味がない。洋服もすべて奥さんが買っている。趣味は機械を買うことである。そしていじくり回しては使い方をマスターし、メンテナンスも業者に頼まず自ら行う。最近は金がなくて買えなくて……と私にぼやく。六十歳を越えてもそんな子供じみたところが社員は好きなようで、Oさんもこの社長が好きで二〇年以上ヨシズミプレスで働いている。

昔、ある一部上場企業の部長が来て、工場を見学している時、Oさんが金型を取り付けていたのを見て仰天し、「これはすごい。うちの会社の女性にもやらせたい!」と、帰ってから数人を指導したそうだ。誇らしげに社長は語る。

当時のOさんは三十歳代。Oさんは言う。「見よう見まねでやっただけです」「人もいないし、私がやるしかないと思って……」と。

実はプレス作業の現場は男にとってさえ、過酷な現場だ。私自身も三十歳代の頃、現場の手が足らなくて自動プレスをやったことがあるが、当時は安全装置もなく、一歩間違えば指を失ってしまう危険を伴う作業である。当時のような機械条件でヤングママがこれに自ら取り組むような事は普通では考えにくい。

また扱っていた金属材料は二〇kg~五〇kg位あり、これまた女性の持つ重さではない。そんなことをさらりと言いのけてしまうおっとりとしたこの女性に私は限りない魅力を感じる。

実はヨシズミプレスにはOさんの伝統が受け継がれている。今でも現場で二十歳代の若い女性がプレス機を受け持っている。見た目、どこにでもいそうな可愛い女性である。

そしてOさんと共に経理、総務、品質、梱包をやっている若い女性は、何かでヨシズミプレスを知って大卒、新卒でヨシズミプレスを志望して入社した。社長が作ったヨシズミプレスの伝統にOさんのしなやかさが工場の隅々にまで浸透していてとてもセンス豊かな工場に仕上がっている。

さらにもう一つのヨシズミプレスの特徴はその親子関係にある。中学生の頃から工場に出入りしていた息子である専務をOさんは愛称で「ケンちゃん」と呼んでいる。姉や妹が大学に行ったのに、現場に早く入りたくて一人工業高校を出てヨシズミプレスで絞り加工金型開発に打ち込んでいる。息子のことを父はこう語る。

「あいつはなぜだか俺と違っていつどんな時でも冷静だよね。それと人の悪口を言ったのを聞いたことがない。それだけはすごいと思う」

社長自身は気がついてはいないが、実は専務は社長の後ろ姿を見ている。

息子を後継者とするとき、こんな小さい会社の後を継いでくれるのだから……と周囲が見えなくなり甘やかすケースと、逆に厳しく突き離すケースがある。いずれも多くはうまくいっていないように思う。

ヨシズミプレスでは親子はお互いその関係から自立し、お互いを知り尽くした上でリスペクトしあっている。確かに息子である専務が怒っている姿を見たことがない。どんなにお客様に無理難題を言われようが冷静だ。実はこの冷静さはもの作りの工場の中で最も大事なことだ。

管理者のあせりは職人に伝わる。作業者が我を失った時が最も事故が起こりやすい。金型サンプルがうまくできず、徹夜を繰り返す日々の中でも自分を見失わないこの専務は町工場の中し子だと私は思う。

そしてヨシズミプレスの社員。彼らが工場の中で決してニコニコと楽しく働いているわけではない。しかし、自分の持ち場はしっかりと守っている。そこを守るプライドを各々の背中に感じる。

そして、それが必ずや自らの家族のしあわせにつながっていくと確信しているかのような心の幹を感じる。そのベースにはお互いをリスペクトし合う社長親子、工場全体をしなやかさで包み込む大きなOさんの海原。

その中をヨシズミプレス丸という一艘の船が世界の皆の〝しあわせもの造り丸〟という形で

社会に貢献する航海を続けてゆく。

堀江金属研磨工業

諦めない生き方を貫く

〜生き抜くということの意味〜

独立して以来、全国の町工場を歩いて見て回った。

私の得意とするのは金属加工。様々な加工屋さんを見て回り、多くの社長に出会った。どの社長にも彼らの会社の歴史とともに波乱万丈の人生がある。こうして今あるのもたまたま……という社長の眉間のしわ一つひとつからその歴史がひも解けるのがとても勉強になる。

その中でいちばん私の心に響いた社長が、茨城県筑西市にある有限会社堀江金属研磨工業の堀江社長の人生である。温和な方だ。喋りもスムーズでとても人当たりの良い方だ。町工場のガンコオヤジとは程遠いイメージである。しかし、彼の人生は少年期から既にマイナスで始まっている。

堀江少年の父は鬼怒川のじゃり屋さんだった。鬼怒川の河川敷でじゃり取得の許可をもらっていた。車を何台も借りて、関東一円にじゃりを運んでいた。時は一九六〇年代。オリンピックブームで羽振りはとても良く、堀江少年は恵まれた少年時代であった。

その父の会社が突然倒産する。偽装倒産した大口の客に夜逃げされ、父は無一文で借金を抱えることになる。

堀江少年の人生も一変する。裕福な家に生まれた坊ちゃん少年は突然貧しい境遇に追い込まれ、中卒で働きに出て夜間高校に通うことになる。

「お金に困らないように稼ぎたい！」そう思った。

堀江少年が選んだ仕事はバフ研磨職人への道だった。一九六〇年代当時、中卒の月給が六〇〇〇円だった頃、バフ見習いは一万二〇〇〇円もらえた。堀江少年は迷わずバフ屋の門を叩く。

バフ研磨とは、ダイカスト（鋳造）や金属プレス加工で作られた亜鉛やステンレス、アルミの部品を円形の研磨布で覆われた筒を回転させて磨く仕事である。金属粉が出て、全身真っ黒になる。部屋も密閉できず、冬場は寒く、夏場はエアコンがかけられず暑くてたまらない。堀江少年は白いはずが真っ黒になったワイシャツで夜間高校に通い続けた。

それでも堀江少年はくじけず、十九歳の時にやはりバフを始めた父母と共に独立して、社長になる。それから五〇年以上バフ研磨一筋だ。

この世の中にバフ研磨ははずせない仕事だ。例えば、高級ホテルのドアノブはダイカスト上がりではとても見られた外観ではない。出来栄えにもバラッキがある。その一個一個のバラツキを堀江金属研磨工業では、一個一個のキズや縞模様を職人が瞬時に見分け、グラインダーで同じような外観にならす。その後、全体をバフで磨き上げる。

堀江研磨で磨いたものは、その後のメッキで見違えるほど美しい外観になる。洋食器の外観より高精度で美しい外観になる。世の中に車やテレビの枠など様々な外観部品があるが、これらの美しさは堀江研磨の職人の技によるものが多い。

ただ堀江社長の人生は平たんではなかった。円高が進行し、ユーザーからの値下げ要求がきつく、時には赤字でも仕事を受注しなくてはいけなくなった。堀江社長は仲間のバフ屋を説得して回った。

「皆で集まって共同受注して、力をつけてお客様と価格交渉力を持とう！」

そう呼びかけた。

バフの仕事は一〇〇％労働集約的である。ユーザーのコストダウン＝プライスダウン、それは経営を揺るがし、職人の給料に跳ね返りかねない。堀江社長はどんな事態になろうと、職人の給料を下げるのだけは嫌だった。

ところが、当時誰一人堀江社長の誘いに乗るバフ屋はいなかった。堀江社長の狙いはいわゆる企業組合のようなものだったと思う。道の駅の野菜売り。おじさん、おばさんたちがやっているのがこの企業組合である。一人では交渉力はないが、組合として一つの組織体になれば、売りも肥料等の買いも交渉力がついてくる。

私は今、これを堀江社長に勧めたかったが、実はリーマンショック後仕事がなくなったバフ屋は堀江社長を頼ってきて、人当たりが良く、仕事の丁寧な堀江研磨の評判で、仕事が増えてきた。堀江社長は人の良い性格もあり、彼らの面倒を見て次々と外注さんが増え、今では何と一五社の面倒を見ている。自分の所にさえ九人の従業員を使っているので、これだけの仕事量を確保するのは大変である。

リーマンショックの後、困難なアルミのバフを半年も一円の実入りもなく研究し続けて、職人を遊ばせながら……自分は無給であった。とうとう最後にものにしたのが、車向けのダイカストや金属プレス加工メーカーからの高い評価で、堀江社長のところに仕事が集まってきた。この苦労が実って、集まった仕事を仲間に分けてあげているのがこの人の人徳そのものである。

実は私が堀江社長と知り合ったのは、ある金属プレスメーカーの支援をやっていて、そこの部品の仕上がりの品質に時々問題があり、調べてみたところバフ工程にも原因があると工場の人間から聞いて訪問したのが始まりだった。

一番暑い盛りの七月、工場で七人の五十～七十代の職人が黙々とバフ研磨機の前に座り、削っている。その作業は、まるで音楽に合わせてやっているかのように美しく、芸術的でさえあった。

一方、金属粉が散るので民家から離れた建物は窓が開けられ、作業者はタオルを巻いて汗をタラタラと流しながらやっている。皆が皆、そう言っては怒られるが、おじいさんである。

そして私は問題の原因はバフになく、プレス後の製品の重なりにあることが分かった。バフ作業の脇でパートさんが一枚一枚薄い金属の製品を剥がしている。そのことを社長はお客様には言えないでいた。お客様から支給されたものに文句は言わない。それを〝バフで直す〟のが社長の考え方である。しかし、この場合は製品が二枚三枚と貼り付いているので、勝手が違う。それが不具合の原因だった。私はすぐに加工屋の社長にそれを伝え、共に貼り付きのない加工方法を考え、改善した。

次に堀江社長を訪問するときに、私はその製品が中国に転注され、半年以内になくなることを加工屋の社長から聞かされていた。加工屋の社長もそれをまだ伝えられずにいて、私も伝えられなかった。

堀江社長は、私に不具合改善の件で何度も御礼を言ってくれた。私はそのちょっと前に、「茨城のバフ屋を支援する！」と自身の会社のホームページで宣伝し、堀江研磨をサポートすることを決めていた。

その日の帰り際、社長と工場長は私の車が見えなくなるまでおじぎをして送ってくれた。情にもろい私の脳裏には、真夏の中、汗を流して黙々と作業するおじいさんたち、側に立って補助作業をするパートさんの顔が浮かんで思わず涙がこぼれ、そしてそれは大粒になり、ハンドルを握る手も見えないぐらいになってしまった。

その日堀江社長はお昼に近所の蕎麦屋で天ぷらそばをご馳走してくれた。「あの人達の稼いだお金でご馳走になるなんてとてもできない！」と思った。実は職人さんたちは皆お昼をさっと済ませると、作業場に戻っていく。何をしているかと思うと、昼休みなのに自分たちがバフをやった製品の仕上がりに問題がないか一個一個チェックしていたのだ。この職人達の心をなくしてはいけない。その想いが私の町工場魂を激しく揺さぶる。

その仕事場で私は中学生位の障がいのある少女を見かけた。パートさんのお子さんなのか

な？と思い、堀江社長に尋ねてみると、

「ああ、あれは私の娘ですよ。子供みたいに見えるけど、もう三十八歳なんですよ」

とくったくなく答える。

バフ屋の仕事は儲からないがハードだ。土曜日も毎週仕事で、日曜日のみ休む。その日曜日に、三十八のあどけない娘さんは堀江社長にくっついて離れないそうだ。普段は母親とばかりなので、日曜日に父親と車で外出することが娘さんの一番の楽しみ。

毎週日曜日、堀江社長は外注さん回りをしている。外注さんの仕事の状況を聞いて回る。面倒見のいい人である。お客さんから値下げの要求があっても、同業なので仕事の大変さが分かっていて外注さんには切り出せない。この外注さん回りに娘さんを車に乗せて連れていく情景が目に浮かぶ。何かとてもほっこりした気分になれる。

思えば堀江社長が独立して五〇年。その三八年間は娘さんとともにいる。

私は思った。堀江社長のこの人への優しさと、とことん面倒を見るきめ細かい配慮。

バブル崩壊、円高不況、リーマンショック、こうした苦闘のものづくりの歴史の中で、一貫してバフ屋のリーダーのようにこの地域の職人をマネジメントしてきた。この前向きで明るく、決してへこたれない性格の強さは、この娘さんがいたために支えられてきたものなのだと。

決してあきらめない人生を生き抜く！

人は生まれたら必ず終わりの時を迎える。重要なのは生き抜くことだと思う。生きていると様々な苦難が私たちを襲う。「何で自分だけこんな目に合うんだ！」と嘆くこともある。しかし、そう思った日も次の日も自分は生きている。生きているのなら決して後悔しない日々を送りたい。自分の人生でももうこの生をやめにしたいと思ったことが何度もあった。精神的な病に悩まされたこともあった。

それらを振り返って、改めて娘さんの存在に力づけられてきたであろう堀江社長の生きぬく力に、自分も勇気づけられていると感じる。

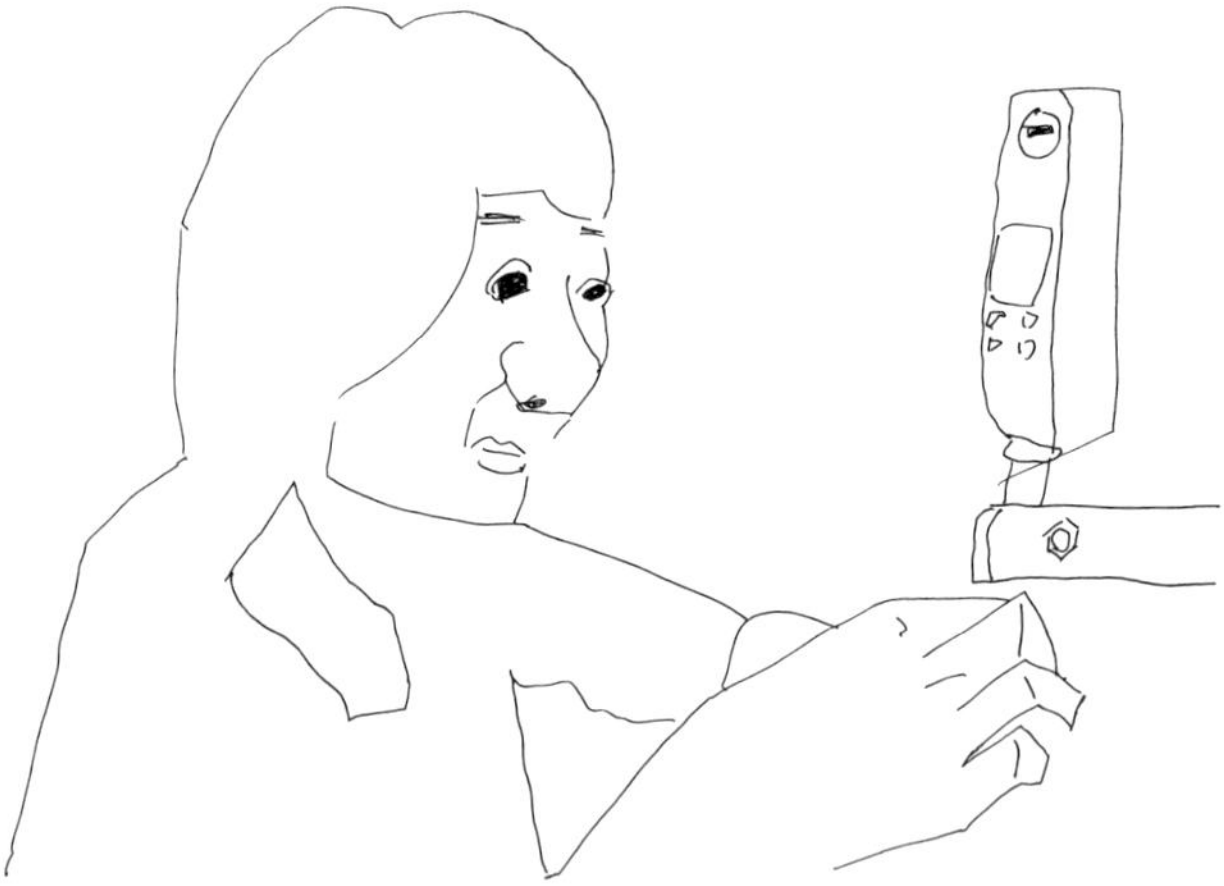

I精工

被災が繋いだ精神的キズナが独自の経営を支える

東北の中都市にあるI精工から営業の手伝いの依頼を受けたのは、独立して間もない二〇一三年の秋だった。

I精工は父親が会長、母親が専務で、被災後、三十歳代の長男が社長をやっている。

この会社は金属プレス加工、機械加工を専業としていて、大手電機メーカーからの受注がかなりのウエートを占めているが、昨今の家電メーカーの不振で車関係の部品メーカーにも食い込もうとしている。そのための役割として私の活動があった。

東北の会社ということで、最初は言葉にせよ社風にせよ違和感があった。しかし度々通い飲み会を重ねるうちに、会長を中心とするこの会社の経営と社風が少しずつ理解できていった。

いまどき?と言っては大変失礼だが、この会社は他社にはない大きな特徴がある。

それは社員旅行や社員の飲み会が全員出席必須ということである。会社補助が一部あるものの、五〇人の社員全員が会費を払い参加する。

再度いまどき……と言っては失礼だが、中国の社員旅行やクリスマスパーティーでもこんな会社はない。

会長に「どうしてそうなのですか?」と聞いてみた。

会長は一言、「当たり前でしょ! 昔からずっとそうだったんだから……」と答える。

それでは社員はどう思っているのか聞いてみた。社員は男女とも若く平均年齢三十歳代である。彼らの答えは「I精工に入ったんだからしょうがない」というものだった。

そして忘年会の前は各部署対抗の「出し物大会」への準備に余念がない。それは一昔前の中国のクリスマスパーティーの出し物大会の練習を楽しむ中国人社員とかぶるところがあった。

そんなある日、一泊二日の温泉新年会に呼ばれた。もちろん全員参加で出し物大会もある。柔道部出身の若手社員が道着で次々と上司や若手女子社員を優しく投げ飛ばしたりする。かくし芸に会場が沸く。驚くべきは二次会である。

こちらは社員が大部屋を貸し切って車座になり、会長や社長、上司や部下も男子も女子もなく、皆仲良く酔っ払いながら話している。男は缶ビールや缶チューハイを自費で調達し、パートさんは得意の手料理をパック詰めにして皆にふるまう。他では見たこともないこのような結束力は一体どこにその源があるのだろうか？　よく聞いてみてそして彼らの言動を見ていて分かった。

その原点はやはり二〇一一年三月一一日にある。

I精工はI市の海岸近くの工業団地のなかにある。その日、当時の社長と長男の現社長は東京に営業に出ていて工場を留守にしていた。いたのは当時の社長（現会長）の奥さんである専務である。

〝すぐに逃げなさい！　仕事はそのままで！〟

その日、その時彼女が即座に全社員に宣言したことは後の語り草になっている。後に現会長、社長は語っている。「俺たちだったら、納期の事とか考えあんな指示は出来なかっただろう」と。

専務は妻としてI精工の歴史を支えてきた人である。中卒で東京に出て修業した会長のカラオケの定番は「ああ上野駅」である。修業後、I市に帰って独立した頃、会長と結婚、文字通り裸一貫で会社を立ち上げた会長の脇で、何十年も支え続けた。

バブル崩壊のときも、リーマンショックのときも、自らも体を張って会社の屋台骨を支え続けながら、二人の男の子を育て、二人とも他社で修行の後、I精工に入社し、長男は社長、次男は営業の責任者として活躍している。そんな肝の据わった専務の予測通り、I精工の社員より遅れて逃げた工業団地の他の社員の何人かは被災したようだ。いまだに一m以上の津波の跡が工場には残っている。

ただ、二名だけ彼女の指示をきかなかった社員がいた。当時の工場長と班長である。責任感の強い工場長は全員を帰らせた後で、工場のすべての扉に鍵をかけてから避難した。案の定、一人は工業団地からの帰宅渋滞に巻き込まれ、やっと渋滞を逃れ幹線道路を運転していると、彼はすぐ後ろに津波が追いかけてくるのを感じた。足がちぎれんばかりにアクセルを踏み込む。しかし津波は猛スピードだ。だめだぁ！　彼の車は一瞬にして津波に巻き込まれた。きつく閉じた目を開けた時、そこは天国か地獄か？と思った。しかし、自分がまだハンドルを握っている。後続の車も前の車もいなくなっている。そのとき初めて状況が理解できた。津波に巻き込まれたその瞬間、彼の車はタイコ橋の真ん中にあってその一台のみ巻き込まれないで済んだのだった。

私は気づいた。I精工のこの社風。これは昔から基盤があったものだが、こうした被災に遭い、悲しみを背負いながらも震災の翌日から工場復帰に向けて自ら動き出した経営者の心根《こころね》の強さ。社員五〇人の命を素早い的確な判断で助けた専務の英断。

こうした経営者の度量と、再び立ち上がる社員の勇気。これらが社員一人ひとりの人生に力を与えていく。そこにあるのは単なる一会社の経営ではなく、人生の指南書であるがごとき経営魂である。

第二部

思い出の欠片《かけら》を掌《たなごごろ》のなかで温める

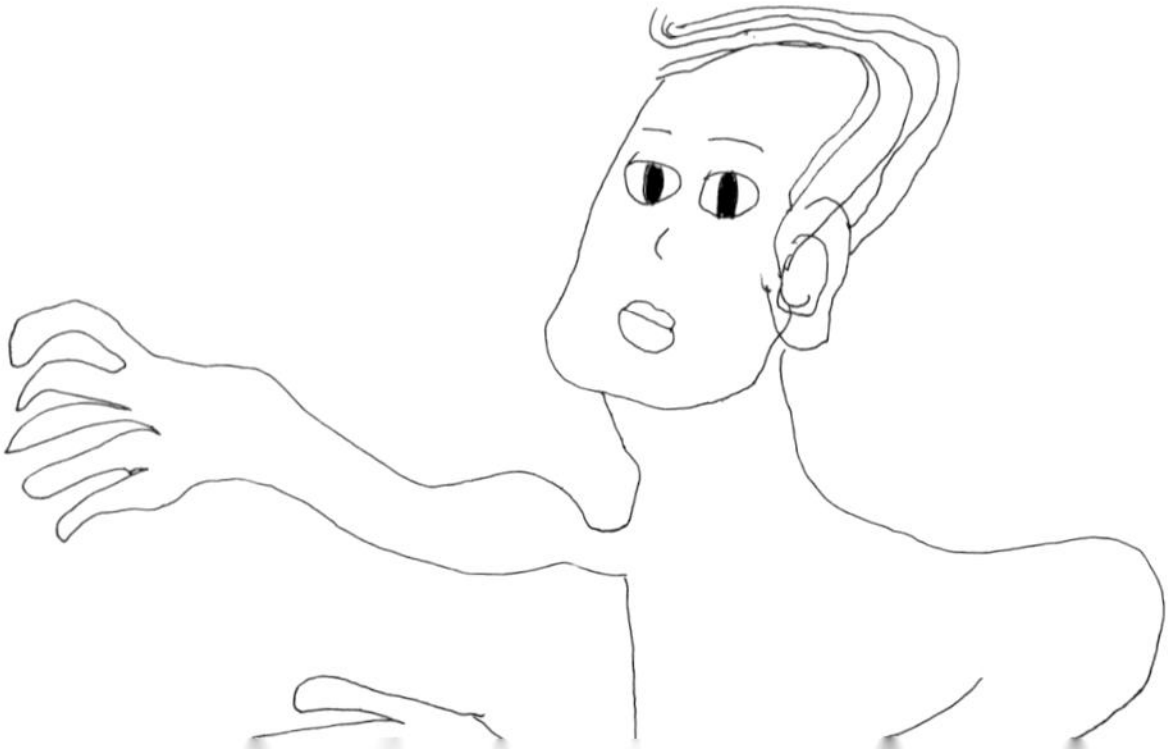

■人生の瑕瑾《かきん》は繰り返す

一九七七年一〇月二日。

その日は私の運命の分岐点となった一日であった。朝早くからスーツにお気に入りのネクタイを締める。普段はボサボサの髪の毛をしっかりと七三に分け、アパートを出る。行先は大手町の大手商社だった。

大きなその商社ビルの前に立ち、大きく息を吸う。緊張感が少しだけ抜けていく。

その年、大学生の就職戦線の開始は一〇月一日と協定で厳しく決まっていた。第二次オイルショックの余波でその前の年から就職状況に異変が起こっていた。

採用中止の大手会社も多く、採用する会社も以前の十分の一、二十分の一と採用数は激減していた。その中で私は一〇月一日に人事課長の面接を終え、翌一〇月二日に最終重役面接を迎えていた。

会議室に入ると人事担当者から暗黙の内々定をもらい、健康診断を行った。コネもまったくない中で、たった一回のみの面接で内々定をもらうことに私は幸福の絶頂を迎えていた。その後、急転直下の人生が待ち受けようとはその時には知る由もなかった。

健康診断が終わった後、人事担当者から重役面接の時間割を知らされた。私は五組のうちの最終組に入っていた。

面接の時間は午後三時で、その時まだ午前一〇時だったので、いったん解散となった。「外出してもいいが遠くには行かないように」と人事担当者からの注意があった。

私は、同じ五組の学生と喫茶店に入った。皆、そうそうたる大学の学生で頭の良さそうな連中だった。全員が商社志望だが、「今日面接の後にもう一社行ってみるか?」「ここが第一志望なのか?」「あそこは東大以外はコネがないと無理」というような話だった。

私は、「ここが第一志望なのでほかにはいかない」と話した。

彼らと別れて、時間を持て余した私は八重洲に回り、地下街でいつもよく行く「旭川ラーメン」に入った。

そこで私は同じゼミの友人に会う。これが人生を大きく変える出来事になる。

以前私がこの旭川ラーメンを彼に紹介したのだが、まさかその後彼がここの常連になっているとは思わなかった。そのラーメン屋で彼としばらく会社回りの情報交換をした。

彼は、大手電機メーカーと大手旅行会社に内定をもらったが、彼女が大手航空会社のグランドホステスに決まったので、地方勤務が嫌でその両方ともいくことをためらっていた。話に夢中で気が付くと時刻は午後一時三〇分になっていた。

慌てて大手町に戻る。会議室に戻ったのは午後二時だった。

中には誰もいない。何か嫌な予感がした。そのうちに人事担当者がやってきた。

「君、どこに行ってたんだ」

彼は、厳しい目で私を叱責する。

「昼食時に友達に会いまして……」と話す私の言葉を遮るように、担当者は、

「重役面接は、重役の都合で二時間早まってもう終わったんだ！」と言う。一瞬、彼が何を言っているのか私には理解できなかった。私は人事部に呼ばれ、他にどこを回っているかについて聞かれた。

一〇月一日に、もう一社第二志望を回ったが、次の面接は今日だったのでいけなかったことを正直に伝えた。

「とりあえず、明日面接を行うが、今日伝えた内々定は白紙に戻すから」と担当者に告げられ

た。

突然、目の前が真っ暗になる。

小学校から、放課後みんなが遊んでいる時に勉強して一番を取り、高校、大学と積み上げてきた自分のキャリアが一気に崩れ落ちた気分だった。商社に入って、昨年一年暮らしたイギリスに再び赴任し、そこで得た多くのヨーロッパ人たちと再び交流する将来のイメージが瓦解する。

翌日、私は再び会社訪問をしたが、ある重役から、

「今年、うちの社員がこの春スリランカで行方不明になったけど、君知っているかね?」

と聞かれた。

「いえ!」と答えると、その重役は一瞬色を成し、「アジア専門の君がそんなことも知らないなんて、うちの会社には無理だな!」と言う。

すべては出来レース、セレモニーだったのだ。

その夜初めて、死にたい気分というものがどういうものなのか分かった。積み上げてきた人生が、たった一瞬の失敗でくずれてしまった。しかも人生で最もしくじってはいけない時に、罠にかかったようにしくじってしまった。すべてを放り投げだしたい気分だった。

一九七八年四月一日、私は大手百貨店の入社式に名を連ねていた。大手商社を落ちて、一〇月三日に行ったそのデパートに辛くも採用された。五〇〇〇人の説明会参加者でたった一二人の採用であった。

配属されたのは銀座店の紳士服売り場。紳士セーターやシャツの販売、返品業務、時にはレジ打ち、贈答用の包装とかスキルの必要な仕事もあった。

百貨店に行くのは本望ではなかった。海外に行くチャンスが当時は極めて低かったからだ。一方で、この店頭販売やときにはバーゲン会場で呼び込みのためにマイクを持つという苦手な職務があったが、挑戦するという従来からの自分の生き方を貫くという矜持もあった。ただ、時々へこむこともあった。

最大のへこみは、店に小学校時代の同級の女性がやってきた時のことである。たまたま、ショーケースを雑巾で拭いていた私を見て、「小学校時代の秀才がこんな仕事をしているの？一生続けるの？」と容赦ない言葉をかけてくる。

小学校時代からスノビッシュなところのあった、田舎のお嬢様であったが、この言葉は、ようやくこの環境に慣れてきた私の心にとげのように突き刺さった。

そんなときにいつも、あのラーメン屋で費やした時間への悔恨が瞼に浮かぶ。毎日、過去のしくじりへの反芻と、あの時点にもう一度戻れたらという忸怩《じくじ》たる思い。会社に行く足取りも重くなる日々であった。

そんなある日、それも入社して一年もたたぬ頃、仕入れ係長が「お前ちょっと来い！」と私を外に連れ出す。

行った先は、大手アパレルの展示会だった。

「秋冬物を注文しろ！」と係長は言う。入って半年もたたない新人にこんな大手アパレルの仕入れをやらせるなんて……。半信半疑で、私は営業マンに自分の感覚で注文する。どうせ、係長が注文しなおすに違いないと気楽に頼む。

びっくりしたのは、八月にそのセーターやコート類が私の発注のまま入ってきたことだ。「こんなセンスのない商品、係長はおかしくなったの？」と売り場の女子社員がぶつぶつとつぶやく。結局、八割の商品が売れ残ることになる。

しかし、この経験は私のやる気に火をつけた。

二年目で在庫管理を任され、販売スキルもめきめき向上していった。バーゲンも呼び込みも名物男的になり、また当時英語のできる社員が少なかったので、店内あちこちから外人客の対応手伝いを頼まれて知名度が上がっていった。

そんな中、入社三年目の途中で私は労働組合の専従書記次長に一本釣りされる。一〇〇〇人の職場で唯一の専従職である。

仕事は激しかった。会社との日常的な労務交渉、店次長、各部長を相手にした経営会議、食堂のメニュー決定から、スキーツアーや屋上ビアパーティのようなイベント。すべてをアシスタントの女性二人のみの中でやり、夜中に報告の新聞を作り翌朝九時から社員の出勤時にビラを撒く。朝九時から夜中一二時近くまで休む間もない。ただ、この仕事は充実感があった。

二十六歳で店のトップ層と経営を語れる。懲戒のような就業規則、労働規約に関することにも日常的に関われる。「もしかしてこれは天職かも?」と思った。百貨店の当時の役員のほとんどが、かつて専従職をやっていたことも私のプライドをくすぐった。

ところが、ある日、再び私は奈落の底に突き落とされる。

〝今日、お父さんが来てるから早く帰ってきて〟

新婚の妻から夕方電話がかかってきた。いつもより早く夜八時ごろ帰宅すると、父と叔父が待っていた。開口一番、父は言う。

「今年、九月でデパートを辞めて、叔父の会社に入社しろ!」

昔から超ワンマンで、言ったらそれは、MUSTだった父に、私は一度も口答えしたことはなかった。その時は七月で、「二カ月あれば辞めるのに問題ないだろう！」と父は言う。

当時、叔父の会社は、埼玉県にあったが父の地元に工場を建てようとしていた。金属加工の町工場は、景気に支えられて旺盛な仕事があった。しかし、なんといっても当時の社員は五人しかいない。私のいる百貨店は、社員五〇〇〇人である。それもいきなり来て「二カ月で転職しろ！」と言う。

何ともむちゃくちゃな話だが、結局、私は父の言いなりになるしかなかった。妻や妻の実家に相談する時間も与えられなかった。後日分かったことだが、父は労働組合＝共産党と思っていて、「赤にはさせない！」と思っていたようだ。

百貨店の労働組合は会社と協調的で、専従職はある意味、組合と会社で将来の経営者を育成する教育の意味を持っていたことを父は知る由もなかった。

こうして、私はようやく油が乗り始めてきた百貨店をわずか三年半で退職することになる。

退職時に、のちに社長になる当時の店長に、

「もったいない。しかし運命だからしょうがない。私の家は町工場だったので、一生懸命勉強して大会社に入った。君は私と反対の道を歩むことになるが、それも運命。すべてを受け入れて頑張りなさい！」

と声をかけてもらったことを昨日のことのように思い出す。英語の接客チラシを作り、売り場にばらまいた私の仕事ぶりを店長は見ていてくれたのだ。

一九八二年から私の町工場生活が始まった。

それ以来、退職するまで私の忸怩たる気持ちは三二年間も続くことになる。苦手なことに挑戦して克服してやろう！という私の意気込みは、社員たったの五人の町工場の中で地味な仕事に明け暮れる中で急速にしぼんでいく。

銀座のど真ん中で一〇〇〇人の組合員のコントローラー役から、郊外の田んぼの中にぽつんと立つ工場の二階の古ぼけた事務所で事務の女性と二人だけ。仕事へのやる気はまったくなくなった。

毎日、窓を眺めて、電線にとまる雀を見ては「俺は雀になりたい！」と思った。雀は自由にどこまでも飛んでいける。自分はこの小さな部屋に閉じ込められ、飛び立つ羽を奪われた。

大手商社の面接の失敗↓いやいや入った百貨店でそれでも自分の居場所を探す↓社員たった五人の町工場に転職させられる。

自分はどこまで落ちていくのだろう。幼いころから努力して困難を克服してきた努力は報われず、ここで死を迎えるのか？

再びラーメン屋の屈辱が……。ドン底の中から這い上がれたのは自分の力ではなかった。当時、金属加工の仕事は、家電メーカーの旺盛な需要で繁忙の真っただ中にあった。やがて、いやおうなしに私はこの繁忙に巻き込まれていく。

納期管理、生産管理、品質管理、製品測定、間に合わなければプレス加工の手伝い、製品梱包、出荷とワゴンを運転しての納品業務、何でもやらざるを得ない状況だった。それは、当時客先は一社のみで完全下請けであったからだ。

客先の要求に理不尽という言葉は通用しない。納期を間に合わせるためには本能的に何でもやった。こなさなければ、電話先での客先担当者の怒りにいくら電話口で頭を下げようと許してはもらえない。

土日も深夜まで仕事が終わらない。職人の連日の徹夜に付き合う。いつしか、それは百貨店の労働組合の仕事状況に酷似してきた。

並行して、就業規則を作成したり、そのころ町工場ではなかったＰＣを取り入れての給与計算を行う。採用や簡単な教育も行っていく。徐々に負け犬根性を私は忘れていく。五人の社員は一〇人、二〇人と毎年増えていく。

だが、私はここでまた大きな壁にぶち当たる。社員が増えるにつれて取引先が一社のみなことへの不安感であった。完全下請けは自由が利かない。自社の意思では仕事ができない。それは従属関係そのものである。

私は大手メーカーとの直接取引を目指した。しかも、今の取引先に情報が漏れないように、客先の取引のないところを探しては売り込みを繰り返す。友人、知人のつてを頼ってはアポイントを取る。

しかし予想はしていたものの、さらにそれより厳しい現実がそこにはあった。多くの電機メーカー、電子部品メーカーでの体験だ。

まずは、これも自分で作った会社案内とサンプルで購買担当者は興味を持ってくれる。話が弾んで、価格も概略を話して、「安いね」と言われ、担当者は図面を出してくる。

「できますよ！」私の声は弾む。

そのとき購買担当者がいう。

「ところで資本金いくら？」

「三〇〇万円です」

私が答える。

「え？　嘘だろ、うちは一億以下の会社とは取引できないんだ！　会社に帰ってもう一回聞いてきてくれ！」

「いえ、間違いないです」と私。

とたんに購買担当者の顔色が変わる。〝場違いな所に来たんだろう！　お前！〟という表情である。

そして、ある担当者は、

「悪い！　一億になったら来な！」と渡した名刺をぽんと投げ返してくる。

今では考えられない対応だが、当時は彼らにとっては当たり前のことだった。何度もこうした豹変にさらされ、私は帰りの車の中で、アクセルを目いっぱい踏み込んで浜田省吾の「マネー」のボリュームを目いっぱいあげて聞くことになる。

帰宅して私は荒れる。あの男と自分との差は何なんだ。能力か、いや、話しぶりでは圧倒的に自分が上だ。冠か？　あの程度の男が何であの冠をつけることができて、自分には薄汚れた麦わら帽子しかないのか？　世の中はなんて不平等なんだ！

再び過去の失敗がぶり返す。当時、大学の友人のほとんどは大手会社に就職し出世の階段を上りつつあった。同期会で私はいつも「ベンチャーだね！」と言われ小さくなっていた。

そうしたある日、人生最大の、今につながる転機がやってきた。それは、意外にも自宅の中で起こったのである。夕食時に、当時六歳の長男がご飯を食べながら私に問いかける。

「お父さんは何なの？」と言う。

そして、いとこの話をする。

「Nちゃんのお父さんはG県で一番大きい建築設計会社の社長、Wちゃんのお父さんも、Sちゃんのお父さんもお医者さんで大学の先生、お父さんは何なの？」

私は答えに窮する。それでなくても妻の実家が主催する兄弟会で小さくなっていた。

その時だ。妻が私が今までの人生の中で見た最も凛とした表情で言う。

「お父さんの会社には二五人の社員がいる。家みたいに四人家族だとしたら一〇〇人になる。その一〇〇人の生活をお父さんは支えているんだよ！　だからお父さんて凄い人なんだよ！」と。

まだ、やや不満げな長男の脇で当時小学校四年の長女が、「お母さん、なかなかうまいこと言うね」とニコニコしている。

そう、この日から私は生まれ変わり人生の第二ページを開いていくことになる。小学校に入ったころから勉強で人には負けない！と頑張ってきた。両親の期待に応えて良い成績を取り続けた。その延長線上に長らく自分は安住していた。この愛すべく家族の笑顔を前に、この一瞬から自分は〝今を生きる人間になろう！〟と思った。

そう思った瞬間、私の全身からすっとプライドという鎧兜が脱げた。齢《よわい》三十六の時のことである。

そして、それからは大手メーカーの売り込み部署を設計者に絞ったこともあり、面白いように口座が開けていった。

「この製品を作るには、ここから買わないとできないんだ！」と、設計者が購買担当者に口座開設を頼んでくれる。「いい会社だよ」とお客様がお客様を紹介してくれて、芋づる式に顧客が増えていく。四十歳を過ぎるころには一〇〇社以上の顧客になっていた。

ターンドライフ。

人生はいくつかの瑕瑾を抱えながら、それでも磨き続けることを繰り返す、ザ、ロングアンドワインディングロードだ。

ターニングポイントはいくつもある。それは､自分の予期しないときに､予期しない形で降ってわいてくる。

しかし、人はあきらめない人生を生きねばならない。時には、肉親のしがらみをもしょい込まねばならない。それらを甘んじて受け入れ、自然体で生きねばならない。その中で必ず、自分を支えてくれる最愛の人々に巡り合うことができる。

幸せとは、人がそう思った瞬間に皆に平等に降り注ぐ。人は、自己の研さんした全知全能を駆使して、今を、そして自己のターニングポイントの発生源を見逃してはならないと思う。

母の涙

皆さんは、母親の事を何と呼んでいますか？

「お母さん」「かあちゃん」「ママ」とかいろいろありますね。呼び方は幼い頃は「かあちゃん」とか「ママ」とか言っていて、途中で「おかあさん」と変えるのにえらく気恥ずかしく感じたことはありませんか？　母親との関係は微妙で、幼い頃の思い出は体にしみ込んでいるものだから何かせつないような甘酸っぱさがあると思います。

荒木とよひさ作詞作曲の「四季の歌」は私の好きな歌のひとつです。

春を愛する人は　心清き人
すみれの花のような　ぼくの友だち

夏を愛する人は　心強き人
岩をくだく波のような　ぼくの父親
秋を愛する人は　心深き人
愛を語るハイネのような　ぼくの恋人
冬を愛する人は　心広き人
根雪をとかす大地のような　ぼくの母親
（四季の歌／作詞・作曲　荒木とよひさ）

この中で母親は根雪をとかす大地のような存在となっています。父親の力強さと比べ母親はまさに体にしみわたるような存在として表現されています。実は私の体の中にも母親のある一言がしみわたっていてそれを書くのは生身の身体を切り刻むような想いがあるのですが、あえて今回はそれを書こうと思います。

その頃、私は小学校五年生（十歳）でした。ある日学校が終わり、家に帰るといつもは祖父母や両親でざわざわしている家が、しーんと静まり返っていました。ほどなく、叔母さんが来て「大変なことになった。お父さんがお茶刈り機でケガをして病院に運ばれた。足を切って血だらけになっていた」と言うのです。私は事の重大さがわからず、ランドセルを置いて、あがりはな（玄関から家に上がった所）の畳の上に寝転びました。父はひん死の重傷で手術の後、何とか一命をとりとめましたが、入院は半年にも及びました。その間、お昼の弁当は叔母さんが作ってくれ、病院には母がつきそい、祖父母が老体に鞭打ってお茶の仕事をしました。

入院して二週間ほどたったある日、祖父が玄関に厳しい顔で立っていて「証、お母さんから手紙が来た」というのです。みると私宛の名で母から手紙が来ていました。私はとび上がるほどうれしく、その手紙を持って部屋に入ろうとすると、祖父は「待て！」と強い言葉で言い、姉を呼んでその手紙を開封するよう伝えました。姉はちょっと震える手で手紙を開封すると祖父は「読め！」と短く言いました。姉は読み上げました。そこにはどこどこの誰それからいくら見舞いをもらった……とのことが細かく書かれていました。

私は自分への言葉が最後に「勉強ちゃんとやっているか？」の一言のみなのが不満でしたが、祖父は厳しい表情で「こっちが毎日苦労して働いているのに、最初の手紙が一家の主宛てでなく、子供。しかも末っ子宛てになってるのはどういうわけか？」と怒り心頭です。当時、高校生の姉もどう反応していいかわからず、ただ黙っていました。その後も祖父の愚痴はとどまる所を知らず、私はとても暗い気持ちになりました。

その後母から私宛の手紙は一通も来ず、全ての手紙は祖父宛になっていました。それから二、三カ月たった後、あまり家をあけていられないという事で、高校生の姉が夏休みに泊まりで看護に行き、一週間ほどで母が帰ってきました。帰るなり母は祖父から手ひどく説教を受け、ただ黙って頭を下げ続けました。

次の朝、かつていつもそうだったように、久しぶりの母の弁当を、新聞紙にくるんでいた時のことです。すぐ隣の沼津から越してきたおじさんが家に来て、父の事をいろいろ聞いています。母はあまり相手にせず、掃除をしたり、洗い物をしたりしていましたが、おじさんはしつこく母につきまとって話してきます。おじさんの様子は子供心にもちょっといやらしさを感じました。

突然「クー！」という声が聞こえました。

私は新聞紙で弁当をくるむ手を急に止めました。

母が泣いていました。しのび泣くような泣き声だったかもしれません。

おじさんはバツが悪くなって帰ってしまいました。

私は時間が止まったかのようになり頭の中が真っ白になってしまいました。

その時母が、

「こんな事に負けちゃあおれん！　がんばらにゃあ」と自分に言い聞かせるようにしゃべり、また掃き掃除を始めました。

私の止めた手は再び新聞紙を持ち、弁当をくるみ始めました。

家の中に母が「サーッサーッ」と掃き掃除をする音と、私が「バリッバリッ」と新聞紙で弁当をくるむ音が静かにひびき渡りました。

幽霊でもいいから、もう一度会いたい人 ～仙人や仙女は僕らの、私達の心の中にいる！～

皆さんは幽霊でもいいから、出てきてもらって会いたい人っていますか？

私はひとりだけいます。それは、私が小学校に入る直前に九十二歳で亡くなった、ひいおばあさんです。私のひいおばあさんは、私にとって〝仙人のような人〟というか、〝天使のようなおばあさん〟です。

幼いころ、友達のいない私の側にいつもいつも居てくれて、私を守ってくれました。一緒に遊んだり、いっぱい昔話をしてくれました。

それはそれはとても優しい天使のような存在です。

五歳の時です。ふざけておもちゃの刀を振り回した時、いつも縁側にぶら下がっていて、祖父がものすごく大事にしていた風鈴をつっている糸にその刀が引っかかり、陶器の風鈴は落ちて無残にも割れてしまいました。

私は真っ青になってしまいました。

「母の涙」で書いたように、祖父は無口で気難しい人で封健的な家の家長として、誰も祖父に口を差しはさむことはできませんでした。子供心にもそれは分かっていました。

恐怖に震える私にひいおばあさんは、

「証、大丈夫だよ。何も心配しなくていいから」と、優しく言いました。

その晩、夕食の時です。

ひいおばあさんは、祖父に向かって言いました。

「薫（祖父の名前）、ワシが誤って大事な風鈴を割ってしまった。申し訳ない、この通りだ」

ひいおばあさんは、息子である祖父に頭を下げました。

祖父は私が割ったことぐらい分かっていましたが、母に頭を下げられては返す言葉もありません。一事が万事、ひいおばあさんはそういう人でした。

ひいおばあさんの人生を紐解いてみましょう。私の聞いたところによれば、今から一一五年も前の事です。

二十六歳で山元家に嫁に来ました。庄屋の娘でした。そんないい家の出の人がなぜ小作農のような山元家に、しかも当時としてはかなり年増と言われかねない、二十六歳で嫁に来たのでしょう？（十五でねえやは嫁に行き……の時代です）

ひいおばあさんの父は、今でいう村をとりしまる村長のような存在で（明治二〇年くらいかな？）、困窮した村の財政を建て直すため、村有森を業者と交渉し、売却してしまったのです。ところが村長ではあったものの、勝手に一人の判断で村有森を売却したことに反対した村人たちが怒って裁判を起こしました。裁判に負けたひいおばあさんの父は、結果私財を投げ出すことになり、無一文になってしまいました。

それで、娘であるひいおばあさんは嫁のもらい手もなく、二十六歳になって泣く泣く貧乏な山元家に嫁いできたのです。嫁いできた当初は、毎日泣いて暮らしていたようです。「小公女セーラ」の明治時代版みたいなものです。

ただ、聞くところによれば、頭の良いひいおばあさんの血筋が入ったことによって、パッとしなかった山元家の、後世の人の頭のレベルが上がったらしいです。

ひいおばあさんは、身内はもちろん、まず他人の悪口を言うことのなかった人のようです。

育ちが良かったこともあるのでしょう。私にとっても、天使、仙人いや仙女かな?ですが、他のすべての人々にもとても好かれている人でした。

そんなひいおばあさんが亡くなったのは、私が小学校に上がる前の三月、九十二歳の時でした。

老衰でした。だんだんと体が弱ってきて、寝てばかりのひいおばあさんの周りを、買ってもらったランドセルをしょって、ぐるぐる走り回った記憶があります。

ひいおばあさんの最期となった朝、なぜだか私は枕元の四人の中にいました。

他には私の母、ひいおばあさんの次女(崎平という部落で、十五で嫁に行って僕らは崎平のおばさんと呼んでいた)、近所のおばさんがいました。

今でもひいおばあさんの最期が、昨日のことのようによみがえってきます。

ひいおばあさんは一度眼を閉じ、開き、二度目、目を閉じ、開き、三度目、目を閉じました。

その動作はとってもゆったりしていました。冬の朝のしんとした中でのことでした。

三度目に目を閉じた時、崎平のおばさんが言いました。

「はあ、ダメだ」

それを聞いた時、なぜだか今でも分かりませんが、枕元にちょこんと正座をしていた私の頭の中に、崎平のおばさんを激しく憎む気持ちがわき上がってきたのを押し殺すことができませんでした。しかし、崎平のおばさんの言葉通り、もう二度とひいおばあさんの眼が開くことはありませんでした。

眠るような厳かな死でした。

天使のひいおばあさんの遺言は、「焼くとき熱いから、焼かないでくれ」でした。

当時、土葬禁止になる直前で、ギリギリ申請が間に合い、棺桶の中に横たわるやっぱり、〝天使〟で〝仙女〟のひいおばあさんの顔を最後に見ました。

棺に土をかけながら、ひいおばあさんは土に還っていくのだな、と思いました。

今でも夜中に時々ふと感じます。

ひいおばあさんがそこにいて、「あかし」と呼びかけてくれているような気がするのです。

そう、優しい仙女の笑顔は、私の心の中で永遠に生き続けるのです。

■せじ福さん

皆さんは家で家族と夕食を食べることは週に何回くらいあるでしょうか？

私の小さい頃は自営（お茶農家である）のこともあり、毎日でした。お茶が忙しく家族総出で、お茶刈りや製茶をやる時期、小学校三年生の私は夕食当番（他にやる人がいなかったので……）で、そのため、みそ汁作りにはとても自信があります。

ところで、家族揃って食べる夕食はいつも親父の下ネタオンパレードでした。何ともガサツな家でした。夏、みそ汁の大きな鍋の中にスズメ蛾が突っ込んで鱗粉がみそ汁の中に広がっても、親父は「おっかあ！　それ取れ！」と言い、母親がスズメ蛾をとった後、皆、何事もなかったのかのように鱗粉入りのみそ汁を飲んだりしていました。親父の下ネタでいつも聞いていたのは飯を残すと「証、お釈迦様は犬のくそに落ちた飯粒も拾って食べたぞ！」のようなことです。

また、「おばあは明治生まれなのに英語を知ってるぞ」、「魔法瓶を押してお湯が手にかかるとホットットットッ（HOT HOT HOT）と言うぜ」と、駄じゃれも言っていました。そのユーモア感（下ネタ？）は確実に私と私の息子にも受け継がれました。

息子が小学校時代、休日の前の晩はいつも食事の後、家族で一発芸大会（私と息子だけだが）をやっていました。息子は鼻の穴に両手を突っ込んで「小山ゆ〜えんち」とか、くだらない芸を次から次へと繰り出し、私の芸は女子高生ものなどです。凝りすぎて失敗したのは、娘が中三から高一に進学する入学式の前の晩、本物のセーラー服がかけてあるのをふと見た私は、無性に本物の女子高生になりたくて、それを着ようとしたことです。ふと冷たい視線に気づき、振り向くとそこに冷たい目で固まった娘が立っていました。

娘は私に「着たら捨てる」と一言、言い放ち、棒立ちになった私は、春なのに冷たい汗を流していました。急きょ、息子の小学校の黄色い通学帽とランドセルで学童通学芸に変えたのですが、母娘の怒りは収まらず、それ以降一発芸大会は中止になってしまいました。その息子は一応、一発芸を生かして、高三の文化祭で「お笑い」をやりました。新宿のアルタ前に毎週通い、また「エンタの神様」、「オンエアバトル」などを見て芸を肥やし、文化祭の当日、私と妻は誰も観客が来ないとかわいそうと思い、会場へ。

一〇〇席以上のパイプ椅子が置いてあるけど人影はなく、一番後ろに座っていると、開始一〇分前、急に人がわんさと押しかけてきて、またたく間に一〇〇席は満席に。立ち見の人も多くいて、一番前の方では隣の女子高の生徒がバシャバシャ写真を撮りまくっているではないか（何てうらやましいんだ……）。後で息子に一人紹介して！と言おうとつぶやき、女房のひんしゅくを買った私でした。アンジャッシュ（当時けっこう人気があった）のパクリに始まり、オリジナルを三つ披露した相方との二人は、アンコールにも答えてネタを全て出し切って大人気。で、その後、二人とも即彼女ができましたが、二カ月位しかもたなかったみたい（やっぱし）。

その息子が小学校の卒業文集に唯一載せた詩です。

詩人山元〇の最高の傑作とうたったのは……、本人に断りなく掲載のため名前伏せます。

～題名：ドジなハエ～
ぼっとんトイレにとまるハエ
あっ落ちてきた
ギャーッ

終

下ネタの継承は確実に行われていました。

ところで下ネタのルーツとなった親父の話を最後に書きます。

せじ福さん。

せじ福さんは本名を、川上福一といいます。

せじ福さんはお世辞を言うどころかいつもにが虫をかみつぶしたような顔をしていた。冗談ひとつ言わないし、第一寡黙な人でほとんどしゃべりません。ではなぜせじ福さんというあだ名がついたのでしょう。ある晩の村の寄り合いでの飲み会の事です。酔っぱらった村人達はあいそのない福一さんをからかい「福一さん、いつも黙ってばっかりでしゃべらんなぁ」「ちっとはしゃべれ！」「せじのひとつでも言ってみい。せじのひとつでも……」と皆で一斉にからかいました。

福一さんがその時突然口を開いたのです

そして一言しゃべりました。「せじ……」。

それ以来、川上福一さんのあだ名は「せじ福さん」となったのです。そのせじ福さん。ある時、小学校の近くの肥え溜めを毎日せっせとくみ出しては畑に運んでいます。肥え溜めはかなり多くて畑の肥えには十分すぎるのですが、せじ福さんは毎日せっせとくみ出しています。一週間ほどたったある日、とうとうせじ福さんは肥え溜めを全部くみ終わりました。

　そして何食わぬ顔で桶の中の物を取り出しました。近くの水道でそれをジャバ！と洗うとそれを何と口の中に放り込みました。よく見るとそれはせじ福さんが肥え溜めの中に落とした入れ歯だったのです。ジャンジャン！

アサギマダラ

いしころだらけのこの道をまっすぐ歩いてゆくと
親戚のおばさんの家
僕の足音とせみの声が遠く夏の空にこだまする
去年の夏までは兄ちゃんと来たけれど
一人でここまで来たのは初めて
大きな木の下で汗をふけば、母ちゃんにもらってきた
ハンカチがまぶしい
向こうから手を振る　向こうから声がする
昔と同じ元気なおばさんの声
去年の夏までは兄ちゃんと来たけれど

一人でここまで来たのは初めて
一人でここまで来たのは初めて
（幼い日に／作詞・作曲　かぐや姫　南こうせつ）

私の好きなかぐや姫のアルバム「三階建の詩」の中の一曲です。皆さんの育った子供時代はどんな場所でどんな想いで育ちましたか？

私の育った川根の田舎は後ろが山で前が茶畑。かぐや姫の「幼い日に」をＹｏｕＴｕｂｅで検索すると歌と共に田舎の映像が出てきますが、幼き日の私と私の回りの風景はその映像の中の子供とその世界そのものです。三～四歳から友達のほとんどいなかった私は小学校に入ってからも周りになじめず、三年生くらいまでは家の近くで一人遊びをしたり、屋根の上で絵を描いたりしていました。唯一の友達が昆虫でした。

この詩のように春がとても待ち遠しくて、春一番に出てくるツマキチョウ（モンシロチョウより小型でツマベニ色が少しある。とても弱く体を気をつけて持たないとすぐに死ぬ）、次に出てくるモンシロチョウ、スジグロチョウ（モンシロチョウより大型でちょっと独特のにおいがあり、羽のスジが黒い）、初春に出てくるアゲハチョウ、キアゲハ（初夏のアゲハは真夏のものより小型ですばしこい)、真夏はチョウチョ取りのシーズンです(まさに冒頭のかぐや姫の歌の世界)。アオスジアゲハ(コバルト色で、とてもすばしこい)、クロアゲハ、カラスアゲハ(青光りがしてとても美しい)、モンキアゲハ(日本のアゲハの中で最も大きいチョウチョのひとつで羽の黒の真ん中に白い丸がある)、その他ミドリヒョウモンに代表されるヒョウモンチョウ、モンキチョウ、タテハチョウなど選り取り見取りです。

秋にはキマダラヒカゲ(枯れ葉の色をしている)、ジャノメチョウ、アカタテハ、ルリタテハ(アカ色、ルリ色をした力強いチョウ)などのタテハチョウなどが、アキアカネ(トンボ科アカネ属の代表。ミヤマアカネなども有名だが、アカトンボと名のつくトンボはいない)シオカラトンボなどのトンボ類に混じってとんでいます。

兄と遊ぶ以外に友達のいない私は、小さな日本の蝶図鑑をポケットに入れ、蝶を取ってはその生態を調べることを大体四~十歳ぐらいまで春~秋毎日していました。おじいさん手製のタモ(蝶取り網)を手に小径や畑を走り回り、花から花へとび移る瞬間の蝶をとるのです。徐々にその技術は開花し、近所のおばさんは「他の子供だと花を壊されるけど、証君はうまいから大丈夫」と特別に私だけは庭に入れてくれました。子供心に世界一のチョウチョ取りの名人と自負していました。

かぐや姫の歌は幼い頃の私そのものです。チョウチョ取りの先輩は兄で、兄は私の昆虫の先生でもあり、チョウチョの事なら何でも教えてくれました。だから兄と二人で行った場所にはじめて一人で行く時のワクワク感はすごいものがありました。

余談ですが、蝶の世界を卒業した兄は、その後、蛾の世界にのめり込み（蛾は簡単にとれるが、種類は無数にあり研究テーマとしては蝶より面白い）日本蛾類学会に入って、日本全国の蛾の仲間を訪ね歩き、集めた蛾の標本箱を収納するタンスはいくつあっても足りないほどでした。蛾博士として町内で有名になり、昆虫の事を何でも知っているので、子供達が夏休みにひっきりなしに質問に来ていました。

私の大好きなチョウチョはアオスジアゲハとカラスアゲハで、特にアオスジアゲハはいつもライバルでした。とてもスピード感があり直線的に飛び、捕るのがとても難しいです。後年、娘に幼稚園時代これの捕り方を教え（当時、隣の植木屋の庭にはいろいろな蝶がいた）、器用な娘はその飛び方の特徴をすぐ理解しました。小柄でおとなしく、けっこうかわいくて、小学校低学年時代、かなりの男の子に人気だったのですが、ある日学校の課外授業の虫捕りで網をサッと一振りしてアオスジアゲハを捕った姿に男の子達は全員固まってしまい、ある意味恐れられそれ以来すっかりもてなくなったと本人は弁明しております（一応結婚できたからよいのだが……）。

さて、アサギマダラです。この蝶は私の恋人です。蝶は国蝶のオオムラサキもあこがれです。三十歳くらいの時、一度だけ長野に家族を連れてチョウチョ捕り旅行に行き、オオムラサキを見つけ、車に引かれそうになりながら、二〇分くらい追いかけて捕ったことがあります。丈夫な蝶で捕って一週間は生きていました。しかし何といってもアサギマダラです。私は四～七歳くらいまでは「大きくなったらアサギマダラと結婚したい！」と言い、母を困らせました。その優雅な姿、アゲハくらい羽はあるけどタテハチョウ科で、体はとてもか細い白のような水色のような透き通るような地色で外側はまた奇麗な茶色になっている。優雅なのはいつもいつも高い所をゆったりと移動していて、まさに手の届かない〝高嶺の花〟の存在です。小公女セーラが大人になったようと言うか、古い人は知っている「ローマの休日」のオードリーヘップバーンみたいです（今の世にはこんな素晴らしい蝶に例えられる人はまずいないです）。そう言えば、私がアサギマダラを妻にしたい気持ちもわかると思います。

最近、トヨタ自動車の設計責任者が部下の一人に「おまえは一年間アサギマダラだけを研究していろ！」と言ったという話を聞きました。私は知っています。アサギマダラが、大移動をするチョウだということを……。

一日二〇〇㎞くらい飛ぶこともあり、調査した人によれば鹿児島でマーキングしたアサギマダラを仙台で捕まえたという記録もあります。通常夏に発生したアサギマダラは、秋に台湾あたりまで南下し、その子供は春に北上し、日本本土に現れるという生態です。トヨタはこの動きを、カーナビのヒントにしようとしているのです。アサギマダラはとても弱くてつかまえて体を少し押すとすぐ死んでしまいます。しかし、なかなか下界に下りてきてはくれないのです。アザミなどのキク科の花にとまりますがめったにその姿は見られないのです。私はアサギマダラを捕ったことが一〇回くらいあります。その都度タモを持って、時には三〇分以上も空を見上げてどこまでも追いかけていきます。ヤブの中、沢の中をジャブジャブ走り、やっと捕まえた時は、小公女を何十年も待って妻にした気分です。

ちなみにアサギマダラは国蝶の最終選考にアオスジアゲハと共に残りましたが、オオムラサキに負けました。最近は埼玉エリアでは蝶を見ることがめっきり少なくなりました。ましてや、アサギマダラは埼玉に住んで一度も見たこともありません。生まれ変わったら次の世ではアサギマダラになって生まれてきてぜひ九州から東北まで飛びたいと想いをつのらせる私でした。

くじ

そのころ私は、小学校一年生、兄は五年生でした。私たち兄弟はとても仲良く、いつもキャッチボールをしたり、虫取りをしたり、家の中では世界地図を見て、その後寝ころびながら、国と首都をいくつ暗記できているか競争したりしていました。

僕は兄の行く所はどこでもくっついていき、「兄ちゃん」「兄ちゃん」と言って兄の事が大好きでした。

そんな兄と僕は、時々お互い一〇円ずつ小遣いを母にもらって、下の方（家は小高い丘の上にあったので、駄菓子屋もある片田舎の商店がわずかにある通りを下の方と言っていた）にいくのが楽しみでした。

時には棒アイスやかき氷を買い、時には菓子パンやキャラメルを買い、三回ためて三〇円でマーブルチョコを買う楽しみは盆と正月が一緒にきたみたいなものでした。親に禁じられた一回五円の甘納豆のくじをこっそり引くのは、後ろめたい気持ちのある中でちょっとじめじめした楽しみでした。

くじの特等や一等は、格好いいピストルや月光仮面の大きなメンコ（僕らはぺったん……と言っていましたが）などいろいろありました。だけど、いつもほとんどハズレでちっちゃな袋から五、六コのちっちゃな甘納豆を取り出しては食べ、親に見つからないように袋を帰り道の途中で捨てるのです。

その日も私たちは一〇円握りしめてT商店に買いに行き、くじを二回ずつ引きました。はずれた四回で僕等が手にしたのは四コの二㎝位の長さのプラスチック製ピストルです。だけど僕は、特等の大きなガンマンが持つようなピストルが欲しくてたまりません。「兄ちゃんあれが欲しい……」と我がままな僕は兄にねだります。優しい兄は家に帰って貯金箱の中から三〇円を出してきました。「お前全部引いていいよ……」と言われ、私は六回引いたけど、最後に手にしたのはまた全部小さなピストル。「欲しいよ～欲しいよ～」とせがむ僕に、兄は貯金箱からまた五〇円取り出してきました。

店のオヤジは見かねたのか「五〇円全部くれれば特等はダメだけど、一等のピストルあげるよ」と言いました。だけど僕はどうしても特等のピストルが欲しかったのです。

そして引いても引いても小さなプラスチックのピストル……。

最後に五〇コ以上の小さなプラスチックのピストルを手にし、兄と僕は肩をがっくり落として、家に帰る途中、誰にも見つからないように、畑の中に全部埋めちゃいました。

その晩、何かの気配で目が覚めました。隣の寝床に寝ているはずの兄がいません。ふすまの向こうでぼそぼそと声が聞こえます。父の声でした。母もいるようでした。「証は小さいんだからくじの事はわからん。当たりがはいっていないことぐらい五年生のお前はわかっているはずだ。わかってて、くじを引くなんて本当に馬鹿野郎な奴だ、お前は」と父はとても厳しく兄を叱責しています。

兄の声は一言も聞こえませんでした。ただ黙って父の叱責を聞いているようでした。聞いているうちに僕は悔しくて悔しくて（何に悔しかったのか小一のその時はわからなかったのですが……）枕は涙でぐしゃぐしゃになりました。

戻ってきた兄に「兄ちゃん」と声をかけました。兄は何も言わずに横になりましたが、眠れぬ様子でした。

その後、兄が駄菓子屋でくじを引くことは一度もありませんでした。

■カンラン畑とモンシロチョウ

家の前には、かなり広いカンラン畑がある。五月の天候のいいある日、母が新しい野菜の苗を植えている。その傍らで、私はタモを振り回す。

いつものように、畑の中を走り回ってはモンシロチョウとスジグロチョウを取る。小一になった私のチョウの捕獲技術は格段に進歩していた。本当は、アオスジアゲハかモンキアゲハと勝負したい。しかし、五月も始めなので、まだアゲハぐらいしか出てこない。直線的に素早く飛ぶアオスジアゲハは私の格好の腕試しのチョウだ。

アゲハで最も大きいモンキアゲハは、夏みかんの木の上の方にしかいず、たまにしか私の手の届く所に下りては来ない。その一瞬をタモを持って、辛抱強く待つことに、自分の執念深さに私は酔いしれる。それに比べて、モンシロチョウとスジグロチョウほど、安直なチョウはいない。タモ一振りで三頭は捕獲できる。

その日の私は最初から変だった。

取っては逃がし、逃がしては取っている私の心に邪悪なものが取りついた。

「一体、どれだけ取ったら、モンシロチョウと、スジグロチョウはカンラン畑からいなくなるのだろう？」

邪悪な少年は、一振りしてはチョウの体を強く推して圧死させ、私道の真ん中に並べていった。

その時、私の体は精密機械のように同じ動作を繰り返す。死骸は、たちまち一〇〇匹以上になる。母は、苗を植えることに必死でそんな私に気付いてはいない。

道路の真ん中に、正確に等しい感覚で同じ方向を向いた死骸が並ぶ。私の心は空洞になっていた。

「ぎゃあ～」

隣の小母さんの声に母が振り返った時、死骸は既に五〇メートルを超すほどになっていた。

「もうやるじゃないだよ」

母は私に包み込むように言った。

その時には、カンラン畑にモンシロチョウもスジグロチョウも数えるほどしかいなくなっていた。

「はあ、帰って菓子でも食べてな！」

母の声に、タモをぶら下げて私は家に入る。振り返って道をもう一度見ると、チョウの死列は整然としていてある種、厳かなものを感じた。その後の私は、このようなことはしなくなった。

書き初め

それは暮れも押し詰まった一二月のある晩のいつもの風景だ。

母ちゃんが、「おとましい（かわいそう）なあ。おとましいなあ」と言いながら墨をすってい
る。

喋りながら母ちゃんは、大きなあくびをしている。朝、誰よりも早く起きて、へっついに火を起こし、寝るとき、風呂は一番最後だけど、今夜の僕にはそんな母ちゃんの気持ちを想う心の余裕はない。

小二の僕にとって、もっとも辛いこのシーズン、今夜も地獄が始まる。

「さあ、証、始めるぞ！」

「みつ、また硯の真ん中ばかりすって。何回言ったらわかるんだ！」

叱咤しながら、風呂から上がった祖父がやってくる。その後ろには今夜は父もいる。母ちゃ

んが、畳の上に新聞紙を敷き、その上に書き初め用紙を広げる。

「早く、書け！」

祖父の短い言葉に、僕の筆を持つ手は小刻みに震える。

今年の小学校二年生のテーマは「のぼる太陽」だ。震えながら、それでも筆も持つ手を動かし、「の」を書き始める。

「ばかっとう」

瞬間、祖父が叫ぶ。

「最初の直線から曲がるときにこうやって間を持つ。昨日言ったばっかりだに、はあ、忘れただか！」と声を荒げる。

僕はますます、しょじける（しょげる）。

ようやく、「のぼる太陽」を書き上げて、ちいっと休もうと思うと、父が、

「駄目だ！　駄目だ！　こんなじゃ、金賞はおろか、銅賞もとれんら」、「早く、次！」と厳しい。毎晩、毎晩、僕は、祖父と父にこうしてなじられながら、はだしで正座する足にはあかぎれが切れている。あーあ、書き初め大会なんかなくなればいいのに……。昼間こたつの中に寝そべりながら僕は一日がとても憂鬱だ。

たまたま、去年僕は金賞を取った。教育長の孫の和子ちゃんが銀賞だった。いつも、学校の全体集会で長話をして、自分の自慢ばかりする教育長だ。そして、教育長とそりが合わない祖父がなぜこの書き初め大会に肩入れするかを母ちゃんがそれとなく僕に教えてくれた。

毎年、一月一日は登校日で、教育長がまた長話をする。学校のクラスの横の廊下には各学年の生徒の書き初めが貼ってある。金賞、銀賞、銅賞が各一作品ずつ色紙で貼ってある。だから僕は一月一日の登校日も嫌いだ。そう思うと、書き初め用紙に涙が零れ落ちる。

「何やってるだ、泣いてばかしいても、書き初めは終わらんぞ！」

父の情け容赦のない激が飛ぶ。二時間位、僕は正座して黙々と書き続ける。祖父が途中で、「駄目だ！」というとびくっとして筆は止まるが、書いている間、沈黙があるのもそれはそれで恐ろしい。

ようやく一〇枚ほど、書き終わった書き初めを、祖父と父は畳の上に広げ、「これとこれだな」とか言って選んでいる。そして「じゃあ、また明日な」と言って、寝床に行ってしまう。代わりに片付けに母ちゃんが入ってくる。「母ちゃん」と僕は大きく叫び、母ちゃんの胸に飛びついていく。涙で、母ちゃんの割烹着の胸の所が滲んでくる。

その年の僕の「のぼる太陽」は銀賞だった。

帰り道、僕は道草をした。祖父と父に殴られるかな？　覚悟をして、家に入ると正月で大勢の訪問客がいて、祖父も父も上機嫌で酒を飲んでいる。

「証、こっち来い！」と祖父は僕を膝の中に入れる。

親戚のおじさんが「証君は本当に頭の良い子だ！」と言ってお年玉をくれる。恐れていた、書き初めの金賞が取れなかったことは祖父も父も知っているはずなのに、すっかり忘れてしまったかのように、「賢くてかわいいだよ！　この小僧は」

と僕の自慢をしている。

その日から至福の正月三カ日が始まる。

祖父は、厳格だが僕にだけは優しい祖父に戻ってしまう。父は、すっかり元の下ネタ好きな冗談おじさんに戻る。正月が終わると、祖父と父は書き初め大会など忘れたかのようになり平凡な日々が続いた。

かんしんな子、えらい人

物心ついたころから、私にとって祖父はとても怖い人でした。いくつかの小話で紹介したように祖父は古いしきたりの家の家長という厳格さを備えていました。

幼い私の心に沁《し》みついたその厳格さは大人になってからも、ぬぐえないかのように祖父のイメージとして心の襞《ひだ》に沁みついていました。

それを振り払ってくれたのが、五十歳ごろにある悩みを持って相談した占い師の女性でした。占い師は「あなたの背後にはお祖父さんが見える。そのお祖父さんは守護神として、苦しい時も悩める時もあなたを見守ってくれている」と言うのです。そして「お祖父さんはとても教育熱心な人で特にあなたを可愛がっていた。あなたが高等教育を受けるきっかけになったはずだ」と。

その占い師の言葉は、私にある記憶を呼び起こさせました。それは、祖父がある大事な仕事に、幼い私のみを伴った記憶でした。

その祖父の偉大さを最初に知ったのは、ある書物においてです。小学校の図書室に『かんしんな子・えらい人』という本が置いてありました。ある日の授業で、先生が「この本の中に、山元薫さんという人の事が書いてある。このクラスの山元証君のお祖父さんです」と言うのです。私はその本を読んだことがなく、その日にその本を借りてきて家で読みました。その本によれば、祖父はお茶業界に貢献したえらい人！となっています。

静岡県から全国にわたって有名な、〝やぶきた〟というお茶の品種を今のブランドに育てたのが祖父なのでした。

この〝やぶきた〟は静岡市で杉山彦三郎翁がうらの竹やぶの北の茶畑で見つけたものの、無名の品種でした。祖父はこれを川根に取り込みました。川根がこの品種にとても合う気候だと考えたようです。しかし、当時川根には独自の有名な品種が有り、古老たちは祖父の品種取り込みと改良に理解を示さず、随分と白眼視され、すんでのところで村八分になるところでした。さらに改良は困難を極めましたが、祖父は決して諦めることはしませんでした。

そして、今や〝やぶきた〟は静岡一の有名ブランドになっているのです、と書いてあったと記憶しています。

確かに、祖父は、品種改良と挿し木で茶業研究者としても有名で、〝杉山彦三郎記念賞〟という賞をもらったほか、福田赳夫さん等、歴代の農林大臣からの賞状が家にはたくさん飾ってありましたが、私はそれらを幼い頃から毎日見ていたので、そのことが凄いとは全く思っていませんでした。

なぜなら、祖父はいつもぼろぼろの作業着しか着ておらず、いつも茶畑にいました。とても研究者のようには見えなかったからです。

ところで、物心ついたころから、お茶時の五月になると、家には毎年一五～一六人のお茶つみさんといわれる若い女性が、離れに住み込みで働きに来ていました。大体二カ月前後彼女たちは、朝から晩まで雨の日も茶摘みをしていました。

その部屋に私は夜、毎日のように遊びに行き、とても可愛がってもらっていました。彼女たちの多くが、最初にくる日に私に街のお土産を買ってきてくれるのがとても楽しみでした。

そうして一番茶が終わる頃、家では夜にお茶つみさん達の慰労会が催されます。母が、一人ひとりの御膳の準備をするのを私達兄弟が手伝います。その宴会で、お茶つみさん達の膝の中に入れてもらってとても可愛がってもらったので、私は毎年、その宴《うたげ》を楽しみにしていました。母の背中におんぶされながら、その宴を見たうっすらとした記憶もあるくらいです。

その宴会の前に祖父は、今でいう事務所のような部屋で、お茶つみさん一人ひとりを呼んで、仕事の対価である給与の入った封筒をあげます。手渡す時に、今年のお茶の出来具合を説明し、お茶つみさん一人ひとりの働きぶりを評価し、ねぎらいます。一人ひとりの特徴を良くつかんでいるな！といつも思っていました。

というのも、前述したように、私はお茶つみさんの部屋で毎日遊んでもらっていたので彼女たちの特徴を幼いながらもある程度、つかんでいたのです。

そして、それはとても不思議でした。その事務所には、兄、姉はおろか父さえも呼ばれませんでした。いつも、そこに同席が許されるのは私のみでした。

今、考えると祖父は、毎年一五～一六人のお茶つみさんに話す言葉の切れ切れに、マネジメントのようなものを私に言い伝えようとする気持ちがどこかにあったのかもしれません。すこし、うがった見方かもしれませんが。

なぜかというと、祖父の茶園にはひっきりなしに全国の茶業家が見学に来て、お茶を入れて、見学者をもてなし、話をするときに祖父は私の姿を見つけると「証、ちょっと来い！」とその場に呼ぶのでした。私は次男であり、お茶の跡継ぎは兄であって私ではありません。小学校に入る前から、私は東京の大学に入ると自分でも思っていました。祖父の姿勢は、そんな私に広く、世間と言うものを体験させたかったかのようでした。

そう思うと、私は三～六歳くらいまでの間、茶部屋という離れで祖父母と一緒に寝ていました。祖父母は私を可愛がってくれたし、私もなついていたのだと思います。毎日の生活の中で祖父は私に有形無形の知識と教養を与えてくれたのだと思います。悔やまれるのは祖父が存命中に、私がこのことを理解できなかったことです。

実はそれを裏付ける象徴的な思い出があります。私が幼い頃、裏の小屋で一五羽位の鶏を飼っていました。鶏はそれぞれ、個別にケージに入れられ、卵を産むとそこが斜めになっていてコロコロと下に転がってきます。その卵を取り、後ろの祖父がペンキで書いた黒板の月次日程表に丸付けをして、一～一五号までの卵の数の統計を取るのが小学校一年生からの私の役目でした。鶏が、一日一個以上の卵を産むことはありません。卵を産まない日もあります。

これらの統計から、年間の卵の数を数え、一二月三一日に成績の悪い二羽を潰し、大みそかの夜は鶏鍋をします。潰す役目は父母ですがそれは私の取ったデータに基づいています。

祖父は、データどりを私に任せていましたが、どの二羽を潰すかは必ず報告しなくてはなりませんでした。祖父はその決定に取り立てて何も言いませんでしたが、一度だけ激怒したことがあります。

私が小学校二年生の暮れのことだと思います。その年、祖父は用事で出かけていて、私のノートを基にして父母が二羽を潰しました。祖父は厳格だったので私たちは報告なしに潰す事に若干の迷いが有りましたが、日が暮れてきたので決行しました。

その夜、祖父が激怒したのです。「なぜ、一三号を潰した？」と言うのです。

私のノートの統計によれば、一三号はビリから二番目です。その事を言うと、祖父はますます怒り、「よーく見てみろ！　一〇、一一、一二月と一三号はかなり卵を産んでいる！　そんな事も分からんか！　このばかっとう！」と激しく私を叱責します。

なんで、父でも無く、母でも無く私が、という思いでしたが、今になって思うと、祖父は直近の統計を見ろ！という事を私に教えてくれていたのです。小学校二年生には酷な気もしますが、そこに祖父の私への教育という期待感を感じます。

「教えない！　自分で考えろ！」という意味です。こうした明治男のガンコさと愛情を兼ね備えた祖父が亡くなったのは今から二五年前の九十一歳の時でした。

亡くなった後の遺品の中に、祖父の手作りの写真集を見ました。家ではぼろばかり着ていた祖父が、背広にネクタイ、鳥打帽でおしゃれした視察旅行の写真がいくつもありました。農業全盛時代の祖父の顔は自信に満ちあふれていました。写真の脇には、祖父が一つひとつにコメントしています。「鳥打帽がお似合いな自慢気な薫さん！」と書かれていました。

あの厳格でとっつきづらいイメージとはかけ離れた祖父のユーモアたっぷりのコメントの数々。

その時に、このユーモア感覚が、祖父↓父↓私へと受け継がれているのだと初めて知りました。

〝とびっくら〟
～屈辱と劣等感が後押しする僕らの、そして、私達の前向きの第一歩～

運動会について、皆さんはどのような想い出をお持ちですか？

よく社会で成功した人達が、「私は子供のころ、勉強は全然せず、ガキ大将で走るのだけは速かった……」などと言うのを聞きます。本当にそうだったのでしょうか？　私は運動会が大嫌いでした。つらい想い出ばかりです。

私の小学校時代、運動会は部落の地区対抗戦でした。

静岡の川根地区では、徒競走の事を〝とびっくら〟と言います。〝飛びっ比〟なのか〝跳びっ比〟なのかは分かりません。

私の住む地区には、同学年が私一人しかいませんでした。その片田舎の小さな小学校には同学年が男一〇人、女一四人の計二四人しかいませんでした。一学年が四つの地区に分かれ、それぞれに代表を出し、〝とびっくら〟を行うのです。私はその地区に一人だけなので、対抗リレーを含め全ての〝とびっくら〟に参加させられました。そしていつもビリでした。

そう、一年生から六年生までず～っと。六年間、屈辱の想いの連続です。何せ、男一〇人の中で私は走るのがビリから三番目だったのですから。

運動会が近づくにつれて、心はブルーな毎日です。ご丁寧に運動会に備えて練習会があり、運動会の前から既に憂鬱な毎日です。いっそ学校を爆破して、運動会を中止させよう。自分より走るのが速いやつらを皆殺しにしてやろう！と夜、蒲団の中でいつも考えていました。

一番つらかったのが、一、二、三年対抗、四、五、六年対抗リレーです。よく出来たことに私の一年下、一年上の学年代表は速くて、いつも「俺が出来るだけ二番を引き離しておくから」とか「俺が追い抜いてやるから」と言われ、私はますますショボンとなるのです。結果、私でいつもビリになっちまうのです。私は頭脳的プレーで対抗しようと毎日フライングスタートの練習をして、うまく成功した年もありましたが、ゴール直前でやはりビリになりました。

一回だけ違う年がありました。小四の時です。なんと「計算競争」という種目が出来たのです。私のために先生が作った種目なのか？というプライドの高い私は、逆にプライドを傷つけられました。しかも、周囲は「これなら証君は間違いなく一位だろう」とプレッシャーの毎日です。その種目は走って五〇mの所で、先生がスピーカーから問題を出し、その答えを紙に書いて五〇mさらに走り、正解ならゴールインという内容です。万が一、答えられなかったら片田舎の優等生の私の面目は、丸つぶれです。やっぱり、悩める毎日です。

そして当日。

「バーッン」というピストルの音で走り出した私達に出た問題は、

「竿にトンボが六匹とまりました。トンボの足は全部で何本でしょうか?」というものでした。

「えっ、昆虫好きの私のために先生がわざわざ考えてくれた出来レース???」と思った私ですが、瞬時に「三六」と書き、ぶっちぎりの一位でゴールイン。最後まで五〇mの地点で考えて答えらない生徒も一人いて、これが運動会?って感じでした。そして計算競争は一年こっきりで終わりになりました。

二度目の苦痛は中三の時です。中学校は五クラスあり、体育大会での二〇〇〇mの〝とびっくら〟は事前のクラスの一五〇〇m予選での結果で、二人を選出します。長距離が比較的速かった私はその日、速い二人が風邪で休んだ事もあり、二〇人位の中で確か四位か五位でゴールイン。他の種目との兼ね合いもあり、なんと二〇〇〇mのクラス代表の二人の中の一人に選ばれてしまったのです。

当時、二〇〇〇mでは郡の大会でいつも優勝するYという生徒がいました。彼は勉強は普通でしたが、剣道部の主将で声がでかく、超真面目な少年で、しかも学校の象徴的存在の生徒会長でした。

そして副生徒会長の私が実質的には生徒会を仕切っていました。男子のみ限定ですが、特定地区からの電車通学を自転車通学にかえてもらうように学校側と交渉し、許可を得たのは私ですよ、川根の皆さん。Yは生徒会では全て私の言いなりでした。そんなYと鈍足の私が一緒に走ることになったのです。最初にYにかけた言葉がこれでした。

「頼むから一周抜かないでくれ！」。そして当日。走者は一〇人、最初の五〇〇mでかっこいい所を見せようと走った私は、なんと三番手に。「いいぞいいぞ〜証」という、クラスメイトの声が聞こえてとてもいい気分でした。しかし一〇〇〇mくらいからビリから二番目に。ビリは同じクラスのMでした。その時クラスメイトは、皆し〜んと静まり返り本当につらかったです。私は後ろを向くと、Yに視線を投げ、両手を合わせました。いつも生徒会を仕切り、生意気な口気が付くと、後ろから音がします。なんとYはMを一周抜き去り、私の背後にいたのです。私ばかりきいている私が一周抜かれる、無様さをさらしたくない。特に初恋だった女の子に見られることだけは絶対ありえない。

「ダメ、ダメ！　Ｙ！　来ないでくれ！」と、私は後ろを振り返っては両手を合わせ走りました。

人の良いＹはなんと残り五〇〇ｍ以上も私の後ろで走りつづけ、その様はまるで私が一位、Ｙが二位のようでした。奇妙な光景でした。運動会という言葉を聞くたび、本当に胸がしめつけられる想いなのは私だけでしょうか？

中川元財務大臣が先日、突然死しました。

彼の病気の原因は分かりませんが、ひとつの報道によれば麻布高校時代、「お父さんは北大出だから、あそこで終わった。あなたは東大を出なさい！」と、お母さんに言われ、ずっと続けてきたサッカーをやめさせられたそうです。そのことが、その後の人生で心臓にストレスを与えた原因のひとつと言う人もいます。

すべてにエリートという人はそれを維持していく、きしみが生じます。人間、屈辱そして劣等感の連続という人の方が、むしろ多いのではないかと思いますし、それでいいのではないでしょうか？

私が思うに大事なのは、それで開き直ってはいけないということです。劣等感というものは、自分がひとつ上へ……という前向きなたゆまぬ努力への一歩の裏返しなのですから。

ひきょう

静岡県の山間にあり、今は廃校になっている一クラス二四人の小さな小学校で、私は男の子にとても人気があった。

勉強は一番出来て、いつも学級委員長をやっていたが、それだけをとってみれば他の学年にもそうした生徒はいたので、自分がそうした特別扱いをされることに違和感があり、自分は立派な人間ではないのに、家では母ちゃんの膝の上が大好きな甘えっ子なのに……といつも忸怩《じくじ》たる思いがあった。

一、二年の頃、冬場はみんなが洟《はな》を垂らしていた。

そして、青っ洟《ぱな》を制服の裾でこするので、そこだけいつもカピカピになってしまう。そのカピカピ度の激しい子がいつも馬鹿にされていた。そしてみんなが「優等生の証君が青っ洟を袖でこするようなことはするはずがない！」と思い込んでいるのが厄介だった。

そんなある日、僕は油断して、青っ洟を袖でこすり、袖にべっとりと付いたところをクラスの太一に見つかってしまった。太一は悪ガキなので、「まずい！　みんなに僕の青っ洟姿を言い振られてしまう！」と焦ったのだが、太一のびっくりしたような目は、やがて卑屈なものに変わり、「証君だからしょんない（しょうがない）な……」と一言つぶやくとどっかに行ってしまった。そうした日常は、いい子であらねばならない使命感を強要し、僕は窮屈な毎日を過ごしていた。

時は流れ、僕らは四年生になり、待ちに待った臨海学校がやってきた。それは山が（山のほう）の学校にとっては、都会への憧れにも似たものでした。

学校で生徒に「臨海学校のしおり」が配られた。その晩、僕は母ちゃんに「臨海学校のしおり」を見せた。

「証、忘れんように持ち物には名前、書いとくからな！」と母ちゃんが言う。

途端に私は嫌な予感がした。母ちゃんは、すべての持ち物に、でっかく〝あかし〟と書く癖がある。そしてぼくは憂鬱になった。母ちゃんは、白のパンツのゴムの部分に〝あかし〟とでっかく書くのは間違いない。

毎晩、寝床に入ると臨海学校の夜の想像をする。「え～！　あの頭の良い証君が、パンツのゴムのとこにでっかく、名前書いてあるだよ」。クラスの男も女も、ひそひそと話している。僕の自尊心はガタガタだ！　日に日に僕の表情は曇っていく。

そんな私に六歳上の高一の姉が気づいた。事情を聞いた姉は、「私がお母さんにパンツには名前書かんように言っといてやるで安心しな」と言ってくれた。

当日が来た。僕はリュックサックの中身を点検し、パンツのゴムの所に何も書かれていないことにほっとした。ところが……。

一日目の海水浴が終わり、海の家に入り、風呂にみんなで入ろうとして、再度荷物点検をしていた僕は、パンツを手に愕然とした。何気なく裏返したゴムの裏にでっかく、黒マジックで〝あかし〟と書かれてあった。慌てて、今履いているパンツのゴムを友達に見つからないように裏返すと、そこにも同じようにしっかりと書かれてある。

僕は母ちゃんを激しく恨んだ。母ちゃんは学校での僕の立場をちっともわかってない！　でもここで涙を流すわけにはいかない。

「証君。早く風呂行こうよ！」

同じ班の一彦君に言われて、僕らは風呂に入った。脱衣所で僕は班のみんなに見つからないように、さっとパンツを脱ぐ。風呂場では、みんなお湯を掛け合って騒いでいたが僕にはそんな余裕がない。

早々と上がり、パンツを履く。そして脱いだパンツをタオルとバスタオルで幾重にも巻いて間違っても見られないようにする。シャツを着たところで「証君、早いなあ！」と一彦君や他のクラスメートが出てくる。そこにいきなり、次の班のクラス一のガキ大将の邦夫が入ってきた。

「おーい、パンツに名前書いてあるのだーれだ？」

邦夫が大声で叫んでいる。

大柄で時には乱暴な邦夫に、僕らパンツ姿で四人並ばされる。一人、正雄君のパンツには〝まさお〟とでっかく書かれ、邦夫やその班のクラスメートに大笑いされた。

邦夫は僕の前に立つ。そして、「証君は、頭良いでパンツのゴムの裏に名前を書いてるかも知らんな」と言う。僕の心臓は飛び出ようとするかのように早鐘を打った！

「見てみっか！　証君のパンツのゴムの裏」

（あーっ！　駄目だ、明日から僕は優等生の座から転落し、笑いものになる！）

絶望が頭の中でグルグルしている。

その時、一彦君が突然叫んだ。

「証君は、優等生の証君は藤川小学校の自慢だ！　そんな卑怯な事を証君はしん！」

邦夫はしばらく黙っていたが、「わからんで～」とにやにやして僕のパンツを見る。僕は焦点の定まらない目で邦夫を見る。途端、

「ほうだな、頭の良い証君がそんなすぐばれるような卑怯なこんはしんずら（するはずがない）」

そう言うと踵《きびす》を返すように去っていった。

その晩、僕は枕を抱えて、じーっと涙をこらえていた。

「僕は卑怯だ！　一彦君は立派だ！　そして邦夫より僕は卑怯だ！　クラスで一番卑怯だ！　こんな自分では、立派な大人には到底なれない！　僕は『路傍の石』の吾一のようにしかなれない！　きっと」

真っ暗な闇の中で、僕は枕を抱えながら嗚咽を堪えるのに必死だった。

白いハンカチ

幼い頃から小学生の学級委員をやり、リーダーでもあった私は、クラスメートに「証くん、証くん」と大切に扱われていた。

ところがある日、そうでない人間が現れた。真に忽然《こつぜん》と。それは山田次郎という一級上の子で、当時三年生の僕に対し彼は四年生であった。彼は模範的生徒とされ、勉強の方はさほど出来ないが、挨拶が良く出来、礼儀正しい生徒として有名であった。

その彼は常日頃僕に対し冷たかったがある日、とうとうそれを態度に示した。ある放課後、学校のグラウンドで遊んでいる僕の頭を後ろから「ボカッ」と殴りつけたやつがいて、振り返ると次郎であった。こういう時は幼いながら喧嘩を好まぬ僕の癖で彼を無視していた。だがそれをいいことに、次郎は二回、三回とそれを繰り返しては逃げるのである。逃げては僕のことをはやしたてて笑っていたが、その表情は歪んでいた。僕はその歪みを見て、一瞬やつは本気だと思った。思った瞬間、僕は次郎に対し石を握って追いかけていた。次郎は逃げた。グラウンドの中をどこまでもどこまでも僕は追いかけた。次郎は足には自信のある生徒だった。校内のマラソン大会で四年生でありながら堂々五、六年を負かして優勝したほどだ。だが僕には執念があった。そして真に煮えたぎった次郎への憎しみがあった。二〇分、三〇分さすがに次郎も少々やばいと思ってきたらしい。グラウンドを跳びだし神社の横の坂をかけ始めた。僕もその彼に石を投げつけつつ続いた。

　心の中で、「この卑怯者」と何度も叫んだが、追いかけ始めてからまだ僕は一度も口を開いていない。学校から外れて僕らはほぼ等距離を走っていた。そして数分後、小さな池に辿り着き、その池を境に僕らは向き合った。僕は石を握りしめ、次郎は例の歪んだ笑いを続けた。「僕が何もしないのに何でおまえは理不尽《ひどい》なまねをするんだ」などと僕は決して言わない。「えへへへ……」次郎はそういう笑いを繰り返す。数分が過ぎた。そして次郎は僕が目をそらした一瞬のすきをついて、池の右側の道から再び学校に向かって駆け出した。「チキショー」僕も走ろうとした。だがなぜかその足が動かなかった。僕は石を握ったままその池の端に棒立ちになってしまったのだ。遠くからまだ次郎が僕をはやしたてる声が聞こえた。僕はじっと立ったままそれを聞いていた。

しばらくたってからそのはやしたてる声の様子が変わってきた。女生徒の声で、「先生に言いつけるわよ」などという声と、「このブッスー」などという次郎の声が聞こえ、やがて次郎の声はしなくなった。

変わって現れたのは黄色い帽子をかぶった四年生の学級委員をしている佐野節子という生徒だった。節子は勉強はそれほどという訳でもないが、すらっと背が高く、運動のよく出来る、それでいて色白の顔をした生徒だった。

彼女は僕の側に近寄ると、相変わらず石を握って立っている僕を覗き込んだ。

「まったく次郎君、先生に言いつけてやるから。あんたももう泣いてなんかいんで」

そう言いつつもぞもぞとし、彼女はスカートのどこかから白い小さなハンカチを取り出した。

「泣いていないのに節子はどうしてハンカチなんか出すんだろう」。そう思っているうちに僕はひどく大きくしゃくりあげ、べそをかき始めた。たちまち顔は涙でぐしょぐしょになり、もうどうしようもなくなった。

そして「はい」と整った顔立ちをした節子がハンカチを出した時、僕はしゃくり上げながらただ夢中で走り出していた。もう日は暮れようとしていた。

走っている僕の頭の中で、あの憎たらしい次郎の顔と赤いかばんを背負い黄色い帽子をかぶった節子の白い顔とがぐるぐるぐるぐる回っていた。

十五の君へ

拝啓　この手紙読んでいるあなたはどこで何をしているのだろう
十五の僕には誰にも話せない悩みの種があるのです
未来の自分に宛てて書く手紙ならきっと素直に打ち明けられるだろう
今負けそうで泣きそうで消えてしまいそうな僕は、誰の言葉を信じ、歩けばいいの？
ひとつしかないこの胸が何度もばらばらに割れて苦しい中で今を生きている
今を生きている

拝啓　ありがとう
十五のあなたに伝えたい事があるのです
自分とは何でどこへ向かうべきか問い続ければ見えてくる

荒れた青春の海は厳しいけれど、明日の岸辺へと夢の舟よ進め
今負けないで泣かないで消えてしまいそうな時は、自分の声を信じ歩けばいいの
大人の僕も傷ついて眠れない夜はあるけど苦くて甘い今を生きている
人生の全てに意味があるから、恐れずにあなたの夢を育てて Keep on believing
負けそうで泣きそうで消えてしまいそうな僕は、誰の言葉を信じ歩けばいいの？
ああ負けないで泣かないで消えてしまいそうな時は、自分の声を信じ歩けばいいの
いつの時代も悲しみを避けては通れないけれど、笑顔を見せて今を生きていこう
今を生きてゆこう
拝啓　この手紙読んでいるあなたが幸せな事を願います

（手紙～拝啓十五の君へ／作詞・作曲・歌　アンジェラ・アキ）

このアンジェラ・アキの「手紙」は、二〇〇八年のNHK合唱コンクール中学生の部のテーマ曲となり、日本中の多くの中学生が歌いました。昔十五歳のアンジェラが大人の自分（未来の自分）に宛てて書いた手紙をモデルに作られたこの曲は、またたく間に全国の中学生の心をとらえました。

ＮＨＫの「未来の自分に手紙を書こう」キャンペーンに五〇〇〇通以上、中学生が手紙を寄せました。そして、ＮＨＫの取材で多くの中学生が勇気を出してカメラの前で自分を語ります。十五歳という年齢は子供から大人への通過点で、「自分とは何なのだ？　何のために自分は存在しているのか？」という疑問が出てくるとともに、子供の頃、大人の言うこと、することは一〇〇％正しいと信じ込んでいたのが大人の嘘やずるさを見抜ける力が付き始める頃です。もちろん一番彼らが悩んでいるのは友達関係ですが、親子の関係で悩む十五歳も数多くいます。

そんな子供たちが合唱コンクールで「手紙」をみんなで歌い、校内で競い、市で競い、県で競い、そして全国大会で競いあった後、参加者全員、ＮＨＫホールで「手紙」を歌います。

アンジェラですが、彼女はそんな中学生達を訪ねて全国行脚します。そして、未来への手紙を読み上げる中学生の苦しみに耳を傾けます。

西宮市立甲陵中学校の女子生徒は「自分とは何か問い続けてもわからない」と泣いて途中で話せなくなってしまいました。

合唱コンクールが終わった後、彼女はまた語ります。「今でも自分が何かの答えは出ていない。けれど、わからないと思う自分を受け入れることが少しだけできるようになった」と語ります。

栃木県の真岡中学の女子生徒は中一の時、不良になって、すごく信頼のおける女の先生のおかげで学校に復帰するが、中二でまた不良に戻っちゃいます。しかし、中三で「手紙」の合唱コンクールに打ち込む事により学校に戻り、無事卒業でき、介護の道を目指します。

彼女は話の中で、なぜ金髪やスカートの丈を長くしたのか？について、「人と接することが怖い。不良の格好をしていれば、みんなが近づいてこないから安心した」と答え、私は考えさせられました。

この「手紙」を通じてアンジェラの活動で私が思ったのは、人との接し方を大人達が教えてこなかったことへの反省です。例えば、同年代におけるクラス内や他の学校の生徒とのテーマを決めての討論会（ディベートみたいなもの）を通じて、自分の考え方を確立していくこと。

そして地域社会における大人達や年下の子供達などとのつながりを通じ自分以外の人達の境遇を知り、考え方を吸収し、一方では年下の子供達へは自分を伝えていく訓練。こうしたことがなおざりにされている現代社会があります。

もう一つは人生のベースには読書を積み重ねた自分があることです。本を多く読み、人生の先達《せんだつ》の考え方を吸収することによりどう生きていくべきか？のヒントを得る訓練です。以前メルマガで紹介した昨年のベストセラー『悩む力』は簡単な哲学書ですが、この中で筆者は夏目漱石の『こころ』を読むことをすすめています。

この本の中に生きることへの葛藤《かっとう》（心の中にそれぞれ違った方向、相反する方向がありその選択に迷うさま）が凝縮されていると筆者は考えているからです。

もう一度アンジェラに戻ります。彼女は風貌そのもののように歌詞を通じて人生を探求する術《すべ》を易しく若者に解いていく哲学者だと思います。そして彼女の優しさは全国の中学生を訪ねて十五の中学生一人ひとりの話に丹念に耳に傾けることで、それが琴線《きんせん》に触れ、心のひだにしみ渡っていきます。合唱コンクールに参加して、時には泣きじゃくりながら未来の自分へ語りかける中学生。そして不登校、仲間はずれ、いじめに合い、自分の欠点ばかりを考えて自分を責めて追い込んでしまうことから何とか立ち直ろうとして、もがきながら未来の自分に宛てての手紙を寄せた中学生一人ひとり。私は彼らをみんなとてもいとおしく感じました。

たったひとりで闘うという事

この町のメインストリートわずか数百メートル
さびれた映画館とバーが五、六軒
ハイスクール出た奴らは次の朝バッグをかかえて出てゆく
兄貴は消えちまった親父のかわりに油にまみれて俺を育てた
奴は自分の夢俺に背負わせて心をごまかしているのさ
Money Money makes him crazy
Money Money change everything
いつか奴らの足元にBig Money 叩きつけてやる
彼女は夢見てる華やかなMovie Star
湖の畔に車を止めて俺達楽しむのさ

シートを倒してむし暑く長い夏の夜
あの時彼女はこう喘ぎ続ける、愛してる、愛してる　もっともっと
だけどゆうべどこかの金持ちの男と町を出ていった
Money Money makes her crazy
Money Money change everything
いつかあいつの足元にBig Money叩きつけてやる
Money
俺は何も信じない　俺は誰も許さない
俺は何も夢見ない　何もかもみんな爆破したい
純白のメルセデスプール付きのマンション
最高の女とベッドでドンペリニヨン
欲しいものはすべてブラウン管の中まるで悪夢のように
Money Money makes me crazy
Money Money change everything
いつかこの手につかむぜBig Money

I've got nothing nothing to lose
Wah Money Money
（MONEY／作詞・作曲・歌　浜田省吾）

浜田省吾の歌を時々無性にでかいボリュームで聞きたくなる。浜田省吾は反骨のシンガーである。protest songという反戦、反体制の歌を歌う人でもある。彼の歌にひかれて、生い立ちの本を読んで、ある部分が共通していることを知った。高校生時代である。クラスの皆となじめない浜田省吾は一時期自分で机を廊下に出して一人だけ教室の外で授業を受けていた事がある。彼は広島県の進学校呉三津田高校時代、クラブ（野球部）からも勉強の世界からも外れ、新聞部、フォーク部で反戦活動をしていた。

私の高校生時代を振り返ってみると、特に高校一年生時はクラスの皆となじめないというより、クラス全員と、ある国語教師を敵に回して闘っていた。川根から出て下宿生活をしながら夢見ていた高校生活は高一の最初の国語の授業の日にズタズタにされてしまった。あてられてしゃべる私の一言一言にクラスの皆がクスクス「川根弁」と言って笑い、何とその教師までが一緒に笑い出した。翌日から私はすっかり無口の人になり、クラスの誰とも会話を交さず、必要な事以外はしゃべらなかった。

しかし、私は準備していた。こいつらを見返してやる日を……。私の考えた事は、授業ジャックと授業放棄だった。次の国語の授業で例の笑った教師がひとしきり説明した後、私は挙手し、ある質問をした。教師はそれに答えた。私はその答えに対してまた質問した。その回答にまた質問……、それは延々と授業時間が終わるまで続いた。

私は、小中学校時代、多くの本を読んでいて、国語はとても好きなのでいくらでも質問はできた。実はとても生意気な生徒で、小学校の時、地理や歴史の大好きな私は新任の先生がくるたびその実力を測るようにわざと自分の知っている知識についての質問（例えば、「香港は国ですか？　国じゃないですか？」とか「古事記の作者は稗田阿礼《ひえだのあれ》ですか？　大安万呂《おおのやすまろ》ですか？」など）をして、先生を試し、先生が答えられないと「私が調べたところでは……と思います」と得意気に話す、とても嫌なやつだった。

そんな高慢ちきな鼻が「川根弁だまたー」と笑いものにされ、ぶざまにもへし折られた。また、川根というある意味特殊な地域で育った私は、私のルーツ、そしてアイデンティティーを（その頃その言葉は知らなかったが……）全否定されたことへの怒りはすさまじいものがあった。

くる日もくる日も質問のための質問をひたすら続け、「授業時間は全部俺のもんだあー、見たかおまいら！」みたいな感じでその教師も打つ手なしだ。ちょっと不得意な部分が出てくる授業の時は、教室から脱出し、裏山で寝たり、近くの駄菓子屋でおでんを食ってその授業が終わるとまた戻ってきて、授業を受けた。

しかし、クラスメートで誰も私を支持する人はなく、「またあいつかよ」とある人は寝て、ある人は英語や数学の勉強をしていた。そいつらがちょっと私を見る目が変わったのは、社会科の授業の時、たまたま三分間スピーチが私の番になり勝手に六〇分間のスピーチをして、授業中しゃべりまくった時だ。その年（一九七一年）の国連の中華人民共和国加入と中華民国（台湾）の国連からの追放決議について、中華民国代表の人が怒りで議場を退出したさまを、一九三三年の国際連盟総会で満州事変をヨーロッパ各国から非難されて生じた日本追放決議に対し、名演説の後、「さいなら……」の一言を後に議場を後にした、外相松岡洋右《ようすけ》になぞらえて話した時です。六〇分間の歴史解説にクラスメートの〃やつら〃はけっこう興味を持ったらしく「どうしてそんなに詳しいの？」と少し尊敬の念を持ち始め、すぐ後ろの席に座っていたその中でもとりわけ生意気でいつも英語をやってた女子二人組が、まず興味を持ってくれて「教えて、教えて……」となった。

それ以降、かたくなな私も少しずつクラスになじんできた。だけど、私の川根弁を笑った国語の教師だけは最後まで許せなかった。彼の授業は高一時代ほとんど出ず、高二、高三の授業は受けることはなかったが、その後、卒業まで一度も会話を交わしたことはなかった。

ところで浜田省吾のMONEYは一九八四年アルバム「DOWN BY THE MAINSTREET」の中に収められた一曲。歌詞の内容から一九八〇年代後半から過熱する日本のバブル経済へのアンチテーゼが見受けられるのは、浜田省吾が時代を先読みしていたのか、あるいはボブディラン等にあこがれ、いつもサングラスをかけている、彼の反社会精神そのものかはわからない。しかし、今の金融バブルの後の世界的大不況を見るとなぜか、この歌がとても新鮮に聞こえる。

MONEYの世界に対してだけでなくても納得のいかない大きな力に対して、あるいは理不尽なものに対しては、自力で闘いを挑んで相手を打ちのめすまで闘う。多勢に無勢であっても決してひるんではいけない。自分が自分であることの意味と、たゆまぬ自己確認を死ぬまで大事に持っていたい。私はMONEYを聴く度に高校一年の時のとんがった自分を思い出し、心を奮い立たせる。

■もうひとりの母

もう一〇年以上前の八月のある日の事です。

静岡の自社工場に行った帰り、妙に胸騒ぎがしました。

当時、人生の節目節目に顔を出していた、藤枝のおばさんの家に三年くらい行ってなかったのです。

出張などで忙しい日々でした。その時思い立った私は光林堂（川根の甘味処）で、おばさんの大好きな羊羹やらを買い込み、藤枝のその家に立ち寄ったのです。

家の中は、し～んとしていました。

「こんにちはー、こんにちはー」と大きな声で呼んでも、誰も出てきません。

やがて外からやってきた女性と鉢合わせになりました。

「あっ、もしかして証ちゃん？」と女性はすぐに私が分かったようです。それはおばさんの長男のお嫁さんでした。

「あのう～おばさんは？」と恐る恐る聞く私に向かってお嫁さんは、

「そうか、証ちゃんには話してなかったたっけ？　今年の六月に亡くなったんだよ」と言いました。

はからずも、予感は的中してしまいました。私は持ってきたお菓子を仏壇に捧げ、線香をあげました。おばさんは御年八十六歳でした。

「甘い物が大好きだったから、証ちゃんが持ってきてくれたって喜んでるよ。それでなくても、何かもうすぐ証ちゃんが来そうな予感がするって言ってたんだよ、いつも」と、お嫁さんは言いました。

そう、四〇年も前の事です。

静岡県立藤枝東高校に進学した私は、川根から通学が遠いのでおばさんの家に三年間下宿していたのでした。

昔、雑貨屋をやっていたおばさんの家は古い作りですが、しっかりしていて中庭もある旧家で、私は高一、高二、高三という三人の下宿生と二階の各部屋に一人ずつ住んでいました。

下宿代は月に一万三〇〇〇円で、朝食・夕食の他、お昼のお弁当も作ってくれました。パンツやシャツの洗濯までしてくれたのです。これでは下宿代が安すぎると、三人の父親が揃って値上げ交渉をするのですが、明治女のおばさんはとても頑固で絶対値上げしてくれないのです。

そんなおばさんは島田の女学校を出て、この家に嫁いできました。お嬢様育ちだったのですが、御主人が商売に失敗して借金を作った揚げ句に亡くなり、生活のために下宿屋を始めたのでした。生活は苦しく長女、次女は高校にやったものの、長男の時は学費の問題で高校にやれず、夜間に通っていました。

それでも気品の高い人で、いつも凛としていました。

「証ちゃん、あんたは歴代の下宿生の中で、二番目に印象に残っているよ。一番目は島田の山の方の子でね」と卒業後、訪問した際にいつもこう言っていました。そして私の子供達が小さい頃は帰りに駄菓子をいっぱい持たせてくれました。

おばさんには随分と可愛がってもらいましたが、しつけは厳しい人でした。

私が三年の頃、面倒で蒲団を敷きっ放しにして学校に行った帰り、「あんた、先輩だからこんなことしちゃあダメだよ！　一、二年の子っちが真似するでしょ！」と、ピシャリと言われました。蒲団は丁寧に畳んで押し入れに入れてありました。

勉強やれ！とか、そういう面は一切干渉しない人でした。その代わり、健康面にはすごく気をつかってくれ、夕食やお昼の弁当を残すと、「あんた、具合が悪いの?」と聞き、「大丈夫」と言うと、「あんた、中学の頃家でどんなもの食べてたの?」と聞いてきます。

なるべく私が好きで栄養のつくものを、作ろうとしていたのです。

ひとつだけ参った事がありました。

おばさんは抹茶をたてる趣味があり、いつも三、四人の他のおばさんを呼んで、抹茶会をやるのです。

たまたま呼ばれた私が、作法を教えてもらい、甘いお菓子を口の中に広げながら、苦い味をなんとかしのいで飲むさまを見て、「あんた、若いのに抹茶が好きなんだね」と言われ、毎回抹茶会に呼ばれるのは少々大変でした。

とにかく、我が子のような扱いを受けていました。大学合格の時も、勉強の様子には全く無関心だと思ってたおばさんが、「あんた毎晩遅くまで勉強してたもんね」と親以上に喜んでくれました。

私は「おばさんにもしものことがあれば、絶対に連絡して!」と長男に言おう言おうと思っていて、そのタイミングを逃がして本当に義理を欠いたというか、すまない気持ちです……と、お線香を上げながらおばさんに語りかけました。

「あんた、遠慮しないでまた来るんだよ！」という、おばさんの声が聞こえた気がしました。

世界でいちばんやさしいラーメン屋

そのラーメン屋は島田駅近くにあった。名前は確か橋扇桜という。おやじは六十歳くらいで、二十歳くらい若い奥さん（子どものような性格を持った人）が時々手伝っている。

はじめて入ったのは二〇〇八年の一月頃。大手メーカーTV向け部品立ち上げで静岡の工場につきっきりで島田のビジネスホテルに泊まり始めの頃だった。仕事のストレスに押しつぶされそうな中、晩酌のみが楽しみという毎日。「らっしゃい」の声とともに私はまず瓶ビールと餃子を頼んだ。

おやじは「おかあさんビールだって……」と奥さんに言う。

奥さんは冷蔵庫からビールを取り出して栓を抜き、学校で生徒が先生にあてられて急に立ってしゃべるような口調で「ビールどうぞ」と注いでくれる。その仕草は本当にそうかもしれないが、子供がそのまま大人になったみたいで、奥さんは「ビールどうぞ」の一言しかしゃべらない。オヤジが「はい、つまみ」と、ぬれピーナッツと刺身を出してくれる。

私は、ピーナッツを食べビールを飲み、ピーナッツがなくなると「これうまいね」と言った。オヤジは「うれしいね。お客さん」と言って、「ほいじゃ！」とまたピーナッツと刺身のおかわりをくれる。後でわかったけどこれは全部サービス。それだけでお腹はふくらんだ。

その家族が入ってきたのは私が店自慢のみそラーメンを食べ始めた頃だった。家族は四人で夫婦と小学生の男の子と女の子。

オヤジは「おうーっ。先生、久しぶりです」と言うと、次に「おかあさん、〇〇呼んできて」と言う。ほどなく、息子が学生服で出てきた。オヤジの息子は良くできた子で中学生らしい。「ほれ、先生にあいさつしな！」とオヤジが言えば、息子も素直に「こんにちは」とあいさつして、また二階に上がっていった。

オヤジは先生に息子の学校での様子などをちらちら聞きながら、チャーハンを作っている。先生の息子には大盛りでサービスしているらしい。私は二本目のビールを飲みながらその様子を聞いていた。ほどなく会計になり、先生はレジの前に立つ。どうやらもめているらしい。オヤジは会計をごまかしてかなり安くしているらしい。先生も先生で金額を覚えていてゆずらない。結局、オヤジは根負けし、しっかり払って去ってゆく先生に最敬礼していた。

何回目か行ったとき、たまたま客は私一人であった。その時、オヤジと少し話をしてみようと思った。オヤジはドサ回りでいろんな所で修業した後、三十歳で島田にこの店を開き、今、六十歳。失礼だがお世辞にもきれいな店とは言えない。メニューも相当年季が入っている。今夜は子供っぽい奥さんはオヤジとケンカして「どうせ私はバカですよ」とすねて二階に行ってしまった。オヤジの昔話をしんみりと聞いた後、私は「川根出身ですよ」と言うと、オヤジは「おーっ。わしゃあ川根には小学校の時の幼馴染がいるだよ」と言う。聞いてみると私の親戚の奥さんであった。

奇遇である。

親戚の奥さんの娘さんも島田にいて、オヤジのところで一時ずっとバイトしていたという事だ。ある事情があり、この事についてオヤジはそれ以上深くは語らなかった。私はオヤジにビールを注いであげ、また、しんみりとした昔話に戻った。

会計の時オヤジは「お客さん二三〇〇万円でございます」と言う。私はちょっと安いな、先生みたいにまたごまかしているんじゃないの?と思いながら三〇〇〇円渡すと、オヤジはやたら元気よく「お客さん、はい七〇〇万円のお返しです」と七〇〇円を渡す。

オヤジのくったくのない笑い声が世界でいちばんやさしいラーメン屋の中に響いた。

義父とめぐる旅

二〇一〇年八月一三日、迎え盆の日、義父阿部隆一は九十六歳の人生を終えました。父（以下、そう呼ばせてもらいます、お父さん）の生まれは大正二年です。医師として八十二歳まで現役で働いた人でもありました。

私の記憶の中での父の歴史は中国満州の奉天《ほうてん》（今の瀋陽市《しんようし》）から始まります。やはり、医師であった実父の死を受けて、父の母は叔父を頼り、父が小学生の時に、父の姉、妹の三人の子どもを連れて満州に移り住みました。当初、満州時代の生活は比較的、平穏であったようです。高校時代、満州医科大学（今の中国医科大学）時代の父は、昔日の人なら知っている男優の佐野周二（関口宏の父親というか、関口知宏の祖父というか）似で、学帽とマントが似合っていて、女子学生の憧れの的だったようです。

父の妹である妻の叔母は、後にもずっと、それを昨日のことのように自慢気に話しておりました。その妹の幼馴染にあの、李香蘭《りこうらん》（日本名、山口淑子―後の参議員議員）がいて、父も良く遊んで、歌も聞かせてもらったそうです。「小さい頃から、歌がうまかった」とよく言っていました。ちなみに、幼い頃奉天で育った李香蘭は、豪商の養子になり、上海でスターになります。映画に出る一方で後にテレサテンも歌う、「夜来香（イエライシャン）」等で歌手としての地位も築いていきます。父にそっくりな、佐野周二とも、一九四一年「蘇州の夜」で主演女優になり共演しています。

ところで、満州医科大学の話に戻りましょう。

余談になりますが、後の中国医科大学の卒業生が私の知人に二人います。一人は、私が以前中国語のプライベートレッスンを受けていた苗《みやお》先生です。苗先生のご主人はＮＥＣに勤務する中国人社員で今、日本にいます。

もう一人は、仕事上の友人だった李さんのご主人楊さんです。

お二人とも、四十代前半で、父の五〇年後の後輩に当たります。一度、この二家族を自宅に招待した事があります。

そのときに、母が写真数枚を出してきました。何と、父は七五年前くらいの、満州医科大学の校舎の写真を保管していたのでした。解剖室で実際に死体を解剖している写真などを見て、後輩の二人は、「その解剖室が今でもそのまま残って利用されている」と言っていました。

日本の建築は素晴らしいので、満州医科大学時代の建物はかなり残されているようです。私も、一二年位前に、瀋陽に出張した時にこの大学の外観の写真を撮ってきましたが、その時父は、すでに失明していて残念ながら見ることはできませんでした。しかし、後輩たちに、昔の大学時代の話をする父はとても嬉しそうでした。

太平洋戦争が始まると、父はビルマ（今のミャンマー）から、マレーシア、シンガポール、台湾、フィリピンと軍医として借り出され、転戦に帯同しました。

戦争中の話は、相当つらい事もあったようで、語りだしたのは、九十歳を過ぎて、私の家に同居して、孫達に話しはじめたのがきっかけです。

その中には相当な歴史があり、また生なましさも感じます。例えば大ヒットした映画「硫黄島からの手紙」で、伊原剛志演ずる、西竹一陸軍中佐と父は知り合いだったようです。「僕は、西中佐はよく知っているよ」と、私が「硫黄島からの手紙」を観た後に言っていました。

西中佐は、麻布生まれの男爵で、欧米ではバロン西と言われていました。旧ロサンゼルスオリンピック馬術障害物での金メダリストとして、当時から欧米人の尊敬の的でした。次の、ドイツでのオリンピックは、途中落馬で棄権していますが、落馬は、当時結ばれた日独協定に配慮し、ドイツの選手に金メダルを譲るため、わざとやったのではないかと言われ、ますます人気が上がったらしいです。後にも先にも日本のオリンピック馬術唯一のメダリストです。

ただし西中佐は、映画の中でも、捕虜の米兵の傷の手当をするシーンがありますが、国際感覚豊かで欧米に知人も多く、スポーツタイプの車も乗りこなす人で、当時の軍部にあまり評判がよくなく、オリンピック後に北部満州陸軍の統括として送り込まれます。恐らく父と交流のあったのは、このときでしょう。西中佐は一九〇二年生まれ、父より十歳年上でした。

陸軍上官に覚えの良くない西中佐は、満州から硫黄島に送り込まれたのでした。

四十二歳で硫黄島で玉砕した西中佐に対して、父は奇跡的に命を失う事なく帰国したのです。その父の転戦経験は、聞いてみれば、あまり硫黄島と変わりません。行く先々で助からない負傷兵が父の所に運ばれ、「もう、助かりません、足でまといになりたくないので、先生、とどめを刺してください」と言われるのは日常茶飯事のことだったそうです。

「僕はできなかったよ……」と父はぼそりと言っていました。私もそれ以上聞くことはできませんでした。

その父が、とても悔やんでいて、何回も話してくれた出来事がひとつだけあります。ビルマで野営の場所をお寺のお坊さんたちが提供してくれました。ビルマは戦後、イギリスの植民地になりますが、親日的な国で、今でも軍隊行進曲に日本の軍歌を使っています。

そんな、優しいお坊さん達の協力で、つかの間の休息を得た翌日、野営地から離れた後、すぐに英軍の爆撃があり、お坊さんは全員亡くなったそうです。

「あれは、かわいそうな事をした。野営しなければ、お寺が爆撃される事はなかったのに……」

と、この話だけは何回も繰り返していました。

すんでのところで助かり、命を永らえた戦争時代だったようです。例えば、マニラ湾上陸の時も、米兵の空爆で軍艦二隻のうち、一隻は沈没、全員戦死。たまたま父はもう一隻のほうに乗っていたようです。

終戦を迎えごたごたの中、何とか、つてを頼って乗船許可を得ようとするものの、うまくいかず、たまたま許可を得た友人が家族の都合でどうしても乗れなくなり、幸運にもそれを譲ってもらっての帰国でした。その友人が帰国できたかどうかは、その後連絡がとれず分からずじまいだそうです。少し前に帰国した姉と妹も乱暴を避けるために男の格好をして、かろうじての帰国だったようです。

帰国時、三十四歳。親によって結婚は決められていて、当時二十二才の母と結婚しました。今でも、母が笑って話すのは「新婚旅行に水上温泉に行ったんだけど、三泊のはずが一泊で帰って来ちゃったんだよ。そして駅に着いたら、お母さんが待ってたんだよ」

「最初から、一泊で帰るつもりだったんでしょう、お父さん？」と問い詰める母に、父は「金がなくて、米を一日分しか買えなかったからしょうがない」と言い訳していました。母に、この年になってまでも責められ困った顔の父がいとおしく感じられます。

当時は、戦後で物が全くない時代で旅館は米を持ち込まないと泊めてはくれませんでした。

当時は医者といっても、厳しい時代でした。その後、群馬県富岡市の沖電気富岡工場に嘱託医の職を得て、少し生活が安定してきたようでした。この頃は、沖電気社員と飲み明かし、夜中のご帰還はしょっちゅうだったようです。早くに夫を亡くし、父をとても可愛がっていた実母の手前から、母は文句一つ言えず、明け方まで待っていたようです。

その後、富岡市の隣町、甘楽郡小幡で開業。とにかく、よく働く人だったようです。午前中診療、午後には時には夜までスクーターで往診。帰ってからとか日曜にも、患者はひっきりなしに来て寝る間もないほどでした。

母も事務や患者の捌《さば》き、薬作り（昔は薬局でもらわず、医師が粉薬を調合して患者に渡していた）で、ほとんどかかりっきり、実母が病気がちなため仕事の手伝い、子育て、家事と、この時代は母が一番大変だったのかもしれません。

老いて腰が曲がり痛くてかわいそうですが、その原因はこの当時の忙しさにあると思います。妻にとって父は恐い存在で、あまり子供とは喋らず、時々ちょっと怒られるだけで、涙が出てしまったそうです。たまに日曜の空いた時間にスクーターに乗せてもらうのが子供達の楽しみでしたが、それはほとんど長男のみで、妻が乗せてもらう事はなかったそうです。かわいそうに思った長男が末っ子の妻を自転車の後ろに乗せてくれるのが一番の楽しみだったようです。

父は九十歳になった時に、当時七十七歳の母と、私の家に移り住み同居を始めました。父は八十二歳で病院をたたみましたが、その理由は視力を失った事によります。常に患者優先で、自分の緑内障を放っておいた父は、緊急手術のかいなく、徐々に失明していきました。八十五歳くらいで、ほぼ全盲になったようです。しかし同居してからの父は、とても平穏な日々を暮らしていた気がします。

その生活はすこぶる規則的なものでした。朝七時半起床、八時、朝食は牛乳と大福、もしくは甘酒、時にはカステラ。一二時ぴったりに昼食、コーンスープとパン、またはおはぎ、冬には甘酒。夕食は七時で、家族の食べるものを同様に食べ、その他に必ず、大好きならっきょうか奈良漬。調子のいい時は「証さん、今夜は付き合うよ」と、グレープの酎ハイを三五〇㎖一カンの半分くらい飲んでいました。

父は、痛風を患って以降ビールは飲まず赤ワインを飲んでいましたが、このグレープ酎ハイを気に入り「いつから、こんな美味しい酒がでたのかね？」といつも言っていました。

冷静な人で、調子が悪い日は飲まず、また食事もおかゆだけにしたりと自身の体のコントロールが最後までできた人でした。自身が医者なので、医者に行くことは最後の入院以外はなく、薬もほとんど飲まない人でした。食事以外の時間は、目が見えないのでいつもラジオを聴いていました。日経ニュースの株情報は毎日聴き、投資もやっていました。

後述しますが、その記憶力は驚異的で、特に数字に強く、株の配当金がきた場合など、「妻に読んでくれ！」と言い、妻が「え～と、一株の配当金が○○円で○株あるから、合計○○○円」と答えた際、間違えると「違うだろ！　それなら、合計○○○円だろ！」と瞬時に計算できる人でした。集中力があったのか、妻がインターネットで終値を調べて読み上げると、十数社の株価を瞬時に記憶して「わかりました。ありがとう」と言っていました。

株のみならず、一日ラジオを聴いている父の記憶力は凄まじく、土曜日、日曜日のたまに食事する際の質問は、政治、経済、社会、科学技術、スポーツ、芸能とあらゆるジャンルにわたり、しかも父の記憶は医師らしく客観的なので、いい加減に答えると「そうかね？　確か僕がラジオで聞いたのは○○だったけど」とチェックされるので、「ちょっと、待ってください。お父さん」と言って、ＰＣに張りついて調べたものでした。おかげで私も随分と物知りになりました。

思い出すだけでも、「タニマチって何かね？」と相撲界に相当詳しいお父さんの質問。意外なのは「イノベーションってどういう意味？」との質問でした。これらのように、何となくは知っていても説明するとなると困ってしまうような質問が多かったですね。幼い頃から勉強好きだった私と父は意外と名コンビだったのかもしれません。

醍醐味は、土日の政治、経済論壇です。

最初は、大相撲が好きで、その日の主要な取り組みの結果を暗記しているお父さんに私が、「今日は、黒海は勝ちましたかね？　山本山は？」と質問することから始まります（山本山は埼玉県大宮市出身、日大卒の元学生横綱で、ぶよぶよに太った幕内最重量の力士。黒海はグルジア出身の幕内力士。ちなみに琴欧州はブルガリア。把瑠都はエストニア出身ということも把握しておかなくてはならない。さらに次には「バルト海三国はどこにあるのかね？」とも聞かれるので、エストニア、ラトビア、リトアニアの場所も確認しておく必要もある）。

ただ、子どもの頃、暇さえあれば、世界地図ばかり眺めていた私にはこれは喜び以外の何ものでもなかったのです。利口な父は、それを知っていてわざと聞いてきたのかもしれません。また、朝青龍問題では、モンゴルのマンホールチルドレンの話題についても話しました（NHKで何回も取材している、親の虐待から逃れ、マンホールで共同生活をする子供達の話）。

相撲のない日は、だいたい野球です。父はアンチ巨人で、いつも巨人戦の結果を聞いて、巨人が負けると満足していました。つい最近まで「今日は、巨人は負けたよ。内海も駄目だね、最近は？」という会話もしていました。「うつみってどういう字を書くのかね？」という質問を忘れないところも父らしいです。やはり、小学生の頃、プロ野球一二球団名鑑をポケットに入れて毎日見ていた元祖野球小僧の私にとって、王、長島はもとより、西鉄の稲尾、豊田、国鉄の金田、阪神の本屋敷等に始まり、とどまることを知りません。

プロレスの力道山やジャイアント馬場も好きでした。若い頃はテレビを見ながら、思わず一緒に体を動かしていたようです。

最後は、政治の話に突入していきます。父の出身の群馬は、福田赳夫親子、中曽根康弘、小渕恵三と最近、四人の首相を輩出しています。中曽根さんが旧制高崎中学出身〜静岡高校〜東大であることは、父も私も知っていました。

昔の旧制中学から高校に至る経路が、私はいまだによくわからず、自身が満州に行ってしまった父の説明もやや曖昧だったと思うのですが、実は、明治以降日本政府はエリート教育のために、コロコロと学校制度を変えているのがその原因です。父や、テニスクラブの大先輩で四高出身のIさん等に教えていただいた説明をまとめてみました。

一高（東京エリア）→東大、もしくは千葉大医学部
二高（仙台エリア）→東北大学
三高（京都エリア）→京都大学もしくは岡山大学医学部
四高（金沢エリア）→金沢大学
五高（熊本エリア）→熊本大学もしくは長崎大学医学部
六高（岡山エリア）→岡山大学
七高（鹿児島エリア）→鹿児島大学
八高（名古屋エリア）→名古屋大学

その他に、有名な中学、高校は、東武グループの根津氏が作った武蔵、龍馬伝にも出てくる元祖三菱グループ岩崎弥太郎の作った成蹊、やはり高名な教育者の作った成城、そして関西の

経済人で作った甲南があり、「早稲田や慶応は不良のたまり場」と慶応出身の作家、遠藤周作が書いていたのも、あながち間違いではなかったのかもしれません。

このナンバースクールに入るための受験は厳しく、事前に希望校を三校提出し成績順で振り分けられていったそうです（最近までの中国がそうでした）。医学部以外は、学部学科を選ばなければほぼ無試験で入れるので、これらの高校生は、三年間、学生生活を謳歌できました（この頃は、中学四年、高校三年、大学三年で、高校は大学の予科とされていた）。こんな事も父との会話の中から学びました。

ところで、前述の小渕恵三元首相は父の長女（妻の姉）の仲人でもあります（姉の連れ添いの親戚にあたります）。

そんなことで、政治改革論では盛り上がりました。ただし父は医学者らしく、あくまで事実を数値的に考える事に終始し、私のみが理想を語っていました。どこまでいっても冷静沈着な人でした。政治が切り口で、私が得意な、そして父に最も関わりのあるアジア経済にしょっちゅう飛火しました。

父の記憶力でびっくりしたのは、英語や中国語をいまだに覚えていることです。先ほどの苗先生や楊さんに、いきなり中国語で話しかけたのにはびっくりしました（それも、ニーハオ、シェシェレベルではありません）。英語のつづりも結構覚えていて、妻はよく電子辞書で確認して感心していました。

そして最も仰天したのは、漢字力です。魚の名前、木の名前などに特に詳しく、例えば欅（けやき）、椽（くぬぎ）、柊（ひいらぎ）など、「この字は木辺のこれだね！」とそらんじているのです。沓（くつ）という字のいわれも、父から教わりました。

取引先の社長に御沓（みくつ）さんという人がいて、その字を父に聞いた事があります。例えば、靴下と沓下が同義語であるように、この「沓」は古い時代の履物の意味で、古文に出てきます（例えば万葉集、宇治拾遺物語、栄華物語に出てくるくつは靴ではなく「沓」なのです）。

ただ父は博学という事ではなく、科学者的な人だったと思います。学んだ事を正確に理解し、記憶に留めるという行為を淡々と繰り返す人であった気がします。会話は常に正確無比で、世の中の事実のみに興味があり、自身の考えをそこに投影する事はついぞなかった人です。いつでも自分の世界に入り込んでしまう青い私とは全く違う人間でした。私にとっての父は、血は繋がってはいなくとも、唯一この世で尊敬できる人物でした。

それは、父が視力を失って開いた悟りに対してかもしれません。父は、よく言っていました。「僕は目が見えないのだから、一人では何もできないよ」と。だから、手を貸してくれる人みんなに感謝の気持ちを「ありがとう」という言葉で表現していました。毎回の食事に、必ず誰かが父の手を引いて食卓に誘います。

必ず「誰かね？」と確認し、私の息子なら「勉強は大変だろう」。妻なら「今日の天気はどうだったの？」。私なら「今日はテニスはできたんかね？」とか、一つだけ質問をして席につき、そして「ありがとう」と言います。

それは、何ともいえない優しい物言いでした。

そういえば、手を引く時の父の手はいつも温かかったです。そして、父は九十六歳で亡くなるまでその顔にはほとんど皺もなく、肌はツルツルでした。若い頃、結構大酒を飲んだり、煙草も一時吸っていたりして不摂生もあったのにと母や妻はいつも不思議がっていました。

父の最期をフライトが取れずに、看取ることができなかったのが物凄く悔やまれます。最後に会ったのは、その一週間前でした。入院している父は、さすがにその時、私のことがわかりませんでした。

「そんなはずはない、あの不老不死のお父さんが」と私は必死で「お父さん、証です。証が香港からお父さんに会いに帰ってきました！」と叫びながら手を握るのですが、か細い声で「わからない」と父は繰り返すのみでした。

そして「貴子、貴子だよ！　お父さん分かる？」と言う妻に、「白いもやが見える。明日、僕は死ぬ」と何回も言いました。

そして「みんなを呼んでくれ、孫も。今じゃないと間に合わない、明日は死ぬから」。そして聞き取りにくい声で「人間、みんな、いつかは死ぬんだからしょうがない」とぼそぼそっとつぶやきました。

妻は「そうだね。みんな、いつか死んじゃうんだからしょうがないね。でも、こんなに元気なんだから、明日は死なないよ。明日はお医者さんにも来てもらうから。痰で苦しいから、つらいよね。つらいよね」と涙ながらに言います。

実は父は、肺がんで痰を二時間おきに取らないと苦しく、窒息死してしまう状態でした。相当、苦しい中、点滴のみでがんばりぬいたと思います。その父は、翌日亡くなることはありませんでしたが、私達が香港に帰って一週間もしないうちに、帰らぬ人となってしまいました。

あらためて、私にとって、人生の師であった人がいなくなってしまった喪失感。それは言葉では言い尽くせないものがあります。

だけど、お父さん。

私は、お父さんの声が今でも、いつもの家の食卓で隣に座っているかのように響いてきて、こみ上げる涙を抑えることが出来ないのです。

「僕は長く生きすぎたから、もう戦友も友達もいないよ」と静かに語るあの横顔……。

お父さん、今、どこで何をしていますか？

戦友や学友に会えていますか？

そして、九〇年近く前に逝ってしまった、あなたのお父さんが声を掛けてくれていることでしょう。「隆一。遅かったじゃないか。随分待ったんだぞ！」って。

激動の大正、昭和を生き抜いてきたお父さん、本当にお疲れ様でした。

私もいつまで生きていけるか分からないけど、自分が生きている限りはお父さんの生きざまを、世の人々に伝えていきます、きっと。合掌。

ヤンゴンのお寺で反芻する義父への想い

そのお寺では、お坊さんのお昼の時間である。

十歳にも満たない子供のお坊さんから老僧まで順番に、昼食の場と向かう。

その周りをタイから来た熱心な仏教徒の観光客が御櫃《おひつ》からコメをすくっては、托鉢する。お金をあげる人もいれば、子供には文房具を与えたりする人もいる。

全員が席に着くと食膳を前にお経を唱える。彼らの食事が終わり、中庭に行くと鎌倉の仁王像に似た像がある。何でも、ビルマで父を戦死によって失った横浜の方が寄贈したそうだ。

ガイドにその話を聞いて私も、「義父は、英国軍と戦っている時に、ビルマのお坊さんのいるお寺で野営させてもらったんです。その翌日、次の戦地に向かう途中、英国軍によってお寺は空爆され、お坊さんが全員亡くなったと聞いたそうです。我々が野営したばかりに、全員亡くなった。本当に申し訳ないことをした。九十六歳で亡くなるまでこの事を何度も何度も私に話してくれました」と話す。

ガイドは言う。今も昔もミャンマー人はみな、日本人が好きです、と。

私は思う。明日死ぬかもしれないこのビルマの戦地で、義父は何を思い、戦いに身を投じていたのか、と。

時代は変わる。

ミャンマーのこの地に立ってもその答えは得られない。

愛を人生の中に散らばらせる

三〇年以上働いた会社を放逐されたと感じた当時の私の心は怨《おん》に支配されていた。心が通じないものに対するもどかしさもあったと思う。この本の中で私は無私の心を追究したい！と書いてきた。当時の私はそれを追求しながら実は全く対極の立ち位置にいた感がある。

母や曾祖母から降り注ぐような慈愛の心を貰った。それは今でも私の体幹となっている。

しかし、それさえも時にはフリーライダーと称される人々によって利用され、利用価値がないと判断されれば無残にも打ち捨てられてきた。砕かれても砕かれても瓦礫《がれき》を積み上げていかねばならないはずが、私は途中で積み上げることをやめ、瓦礫を持ち上げて彼らに投げつけようとしていた。

卑しい自分を恥じねばならない。

『日本で一番大切にしたい会社』の著者である坂本光司先生が、そんな私に薦めてくださったのが『強く生きたいと願う君へ』だ。この本で先生は自分の生き方の原点を示されていると思った。

その中で書かれていることで特に強く心を揺さぶったのは、「理不尽と闘ってもよい！　しかし、自分に力をつけてから」という表現だ。「自分に力をつける」とはすなわち、学び。人生は死ぬまで学びという事だ。目の前で起こる事象すべてが学びと言える。

自分の人生に置き換えれば、フリーライダーな人々と接さざるを得なかったこと。いじめを受けたこと。それらは、神が私に必要だからこそ与えてくれた試練とも言える。そうしたことの一つひとつが、そうしたすべての人々が自己の人生を奥深いものにしてくれたことに感謝の念を今は感じる。

思えば地球の歴史は過去から未来まで想像もできないくらい長く、この森羅万象は永久に続く。そうした時の流れの中で、ごくわずかな点に過ぎない私たちの一生。この地球上で知り合えた人々は人生の大切な同期と言える。これらの同期に同じ時代に巡り合ってありがとう！という感謝の気持ちは、そこに愛を感じることとも言える。

愛を体の芯で感じる。そのことほどこの世で自分に生きている実感を与えるものは他にはない。そうして感じた愛をまた、周囲の人々に伝播してゆく。これに勝る悦びはないと思う。愛を受ける人々にもちろん、違いはある。それは母親から受けた愛の感じ方にばらつきがあるからだ。しかし、降り注ぐ愛の数と量によってそうしたばらつきは補正されていくともいえる。

エピローグでいじめについて書いた。いじめに走る人（子供も含め）には、それまでの人生に必ず瑕疵《かし》がある。愛をうまくとらえきれなかった人々の心にはこの瑕疵が必ず残る。しかし、この瑕疵さえも降り注ぐ愛によって癒されるはずだ。

私は六歳の時に大好きだったひいおばあさんの死に間近に接して以来、死ぬことへの恐怖に取りつかれて生きてきた。それがあるときから、死後残された人々の心の中で生きていこうと思うようになった。

私達は生きている限りは決して一人ではなく、周囲の人々の吐息を感じながら生きていける。勿論、死後はそれはできない。生きているからこそ死への恐怖を感じる。見方を変えると、生きていくことのモチベーションは誰かに自分を見てもらいたい、認めてもらいたい、そうすることで社会に貢献したいというような意志の繰り返しなのだと思う。

その観点から見れば、自分の死後も心の中に自分を認めてくれる人々がいるならば自分はそういう人々の心の中で生きてゆけるはずだ。それは自分の心の中で深い満足感を持って死を迎えられることを意味する。

そう考えると、この世は愛によって出来上がっていると思う。

社会の出来事や政治経済の全ての事象は人々の道具によって作られている。人々は時には戦いで勝つために道具を磨いたり、時には高価な道具を調達する。私はそれを否定しない。道具の中で最も強力なものは知識、技術という各々の道具である。それらの道具を駆使して人々はより多くの人々と出会うことが出来、そしてまた、道具を使って人々を助けることもできる。そのことで人々を慈しむ機会も増やしていけるはずだ。

逆に持てる道具が過小なために他人に嫉妬したり憎んだり、傷つけることもあると思う。また、道具が多すぎて5S（整理、整頓、清掃、清潔、躾）が出来ていないために使い方を誤ることもある。

人生は適切な数と量の道具を自ら適切なメンテナンスをしながら、場面場面に応じて適切な使い方をして、身についた愛を社会に伝えていくものだと思う。

愛は与えれば、すぐにではなくても必ず与えられる局面も出てくる。愛を感じられるかどうかにも道具（知見）は必ず必要だ。

町工場の宮沢賢治になりたい

雨ニモマケズ　風ニモマケズ　雪ニモ夏ノ暑サニモマケヌ　丈夫ナカラダヲモチ
慾ハナク　決シテ瞋ラズ　イツモシヅカニワラッテヰル
一日ニ玄米四合ト　味噌ト少シノ野菜ヲタベ
アラユルコトヲ　ジブンヲカンジョウニ入レズニ　ヨクミキキシワカリ　ソシテワスレズ
野原ノ松ノ林ノ蔭ノ　小サナ萓ブキノ小屋ニヰテ
東ニ病気ノコドモアレバ　行ッテ看病シテヤリ
西ニツカレタ母アレバ　行ッテソノ稲ノ束ヲ負ヒ
南ニ死ニサウナ人アレバ　行ッテコハガラナクテモイヽトイヒ
北ニケンクヮヤソショウガアレバ　ツマラナイカラヤメロトイヒ
ヒドリノトキハナミダヲナガシ　サムサノナツハオロオロアルキ

ミンナニデクノボートヨバレ　ホメラレモセズ　クニモサレズ
サウイフモノニ　ワタシハナリタイ
（宮沢賢治「雨ニモマケズ」青空文庫）

挫折の繰り返しだった私の人生。
鬱を克服しようとのたうち回った日々。
それら全てを日常の中で受け入れることで私の生きざまは一変した。
そうした日々を取り返させてくれた人々を再び私は訪ねてみた。

挫折を朝礼で語り合う人々

株式会社ヨシズミプレスを再び訪れた。猛暑のある日、汗を拭きながら一人の若者を連れていった。見た目がとても大人しい若者である。時としてその優しい語り口に大人たちは没個性を感じる。

彼は人生の一つの目標に限界を感じて再出発を決意していた。

しかし、社会は素の彼をなかなか受け入れてはくれない。「スキルは？　経験は？」の質問はそれでなくても温和な彼を萎縮させる。

しかし私は、彼の素直な横顔に若いころの自分を重ね合わせていた。同時に彼の性格の中に一つの芯を感じていた。

ヨシズミプレスの社長もそれを感じたのかどうかは分からない。「合うかどうか、やってみるか？」と声をかけてくれた。

入社の日、私は町工場の朝礼に立ち会った。ヨシズミプレスには何度か行っているが、朝礼に参加するのは初めてだった。

彼は自己紹介で自分の挫折を少しだけ語った。「ここで人生の再構築をしたい」と。

それを受けて社長が、「この工場で働く奴はみんな挫折だらけだよ！　だいたい、俺なんか挫折の塊みたいなもん！」と語る。そして、一六人の社員の何人かが、「俺も社長ほどじゃないけど同じようなもん」と語り始める。

久方ぶりのながーい朝礼が終わった。決してきれいとは言えない工場の中にさわやかな空気が流れているのを感じた。私はその空気の一つひとつを吸い込んだ。

貴重な今日のお土産を持ち帰りたいと思った。

再びの試練と闘う堀江社長と社員たち

その年の鬼怒川の決壊で堀江研磨工業の工場は浸水し、甚大な被害を受けた。工場のすべての機械が水没し、駆けつけた私の前で堀江社長はさすがに肩を落としていた。

周囲は打ち上げられたゴミだらけで異臭が漂い、一分もいられないほどだった。その中で、社員は黙々と掃除をしていた。

結局何も力になれなかった。忸怩《じくじ》たる思いが強かった。しかし、堀江社長は自力でバフのモーターを修理し、今回も苦難から自力で立ち上がった。

その年の暮れ、私はいくつかのバフの仕事の相談に、堀江研磨を訪れた。「どうぞ、どうぞ」と通された部屋では、社員が三時のお茶を飲んでいた。渋茶をすすり茶菓子を食べながら、白髪交じりの職人たちや、おばさんたちと話していると、なぜか、幼い日に、静岡県の川根の実家に来ていたお茶摘みさんのお姉さんやおばさんたちと、車座になってお茶摘みの休憩時に話をしたことを思い出した。「ほーっ、そんな使い方があるっぺ?」と独特の茨城弁でおじいさん職人やおばあさんたちがしきりに感心する。それは美顔器の先端の、顔に当たる部分の金属の滑らかさと、光沢を出すためのバフ研磨の仕事だ。「俺らは一日中、磨いてばっかでどんな使い方をするのか、ちっともわからんからな」という職人に「おやっさん、社長に頼んで一本もらって母ちゃんに使わせてみたら、次の日母ちゃんがすべすべ美肌になって惚れ直すよ！」と私は冗談を言う。「そりゃ、良い考えだっぺ」と職人も恵比須顔で相槌をうつ。ヨシズミプレスの朝礼の時とはまた違う居心地の良さがそこにはある。

針のむしろに二四時間座らせられていたかのような四年前までの世界。鬱病で芋虫のように全身がくねっていた。そして混濁した私の心は彼らの透明な心に接して、濁りが消えていくのを実感している。心の闇に徐々に光明が差し、視界が開けてくる。

私はふと宮沢賢治の、「雨ニモマケズ」を思っていた。

日本、否、世界の何処でも困った町工場があれば、そこに話を聞きにいこう！　自分が助けになるかどうかは分からない。しかし、取るものもとりあえず私はそこに駆けつけたい。私と持てる人脈の、持てる知識のすべてを困っている人々に降り注ぐように伝えていきたい。社長や職人さんたち、パートのおばさんたちや事務のお姉さんたちとともに悩み考えていきたい。

「あんた、お人よしでいつも終わってるでしょう！」と心配してくれる先輩もいる。しかし、それで良い！　死ぬまででくのぼうでよい！　堀江研磨工業からの帰り、私は車のハンドルを握りながらそんなことを考えていた。

■エピローグ

うつは誰にでもある！　そして、それはイチゼロの世界ではない！
～その原因は間違いなくいじめにある～

私はこの二〇年間うつと共生してきた。

おそらく、一般的にうつ病と言われる多くの方々も同じだと思う。

とても残念に思うのは、世間でうつ病の人、うつ病でない人と区分することである。

実際、私はうつを自己申告して以来、会社でそれまで入っていた生命保険に、問診した保険医の判断で入れなくなった。

自殺の可能性が一般の人より高いと判断されたようだ。

しかし、経験者の誰もが知っている。

うつは先天的なものではない。

人の心はシーソーのように真ん中の支点を中心に、右か左に重みで傾きながら始終揺れている。

人体を考えよう。

ガン細胞への対策として期待されてもいた、マクロファージ細胞は、一般に大食漢細胞とも言われている。この細胞の役目は重要だ。古い細胞を食べつくすマクロファージの役目によって、怪我をしても自然治癒することが出来る（かさぶたのように）。

がん細胞は、良性細胞の裏側に潜んでマクロファージの餌から巧みに逃れているそうだが、心の中にもマクロファージのような機能はある。人は素晴らしい社会や組織、人々と触れることにより、古傷を忘れ新しい心の有りようを築いていく。シーソーの平衡感覚を自ら保持する力が人間には備わっている。

ところが心の中のマクロファージでさえ、食べきれない、あるいは食べず嫌いになってしまうがん細胞のような組織や人間が残念ながらこの世には存在する。

それが〝いじめ〟である。

子供の世界での不登校や大人のうつ（それらは心の非平衡感覚）を発生させるのはいじめ行為である。その世界に否応なしに閉じ込められた人々はシーソーの激しい上下動を制御することが出来ず、人生を半ば放棄するような事態に直面することになる。

そして私は思う。

いじめる側の人間には元から、心の平衡感覚は存在しないのだと。

いわゆる、シーソーのギッコンバッタンがないのだ。彼らのシーソーは常に右か左に地面に着地するかのように置かれており、そこから微動だにしない。そこの定位置から視界に入るのみの世界を見ている。彼らには独自の固定観念があり、自分の世界に迎合しない人間をあらゆる手段を用いて本来のあるべき人生にとって全く無意味な裏取引、裏工作によって排除していく。

私の体験である。

私へのいじめは二〇年前くらいに始まった。

それは、自社の社長の腰巾着のような人間によって、社長の威を借りて執拗に繰り返された。当時、営業で次々と取引先新規口座を開設していった私への社内の力を意識した対抗という形だったのかもしれない。

最初は次のような形で始まった。

一週間の出張を終えて出社した私の机の椅子に見知らぬ人間が座っている。当人は私を知らず、その机の横に立っても席を立つ気配もない。事務所の人間もなぜか知らないふりをしている。

隣の部屋の古参の女性に聞くと、私の不在中に新人営業マンが採用され、今日から出社したということであった。

当時、入社した人間の机や椅子は、この腰巾着の彼が手配しており、古参の女性に聞けば、新人が採用されたのは六日前、机は手配して遅くとも翌々日には届くのに、彼はわざと発注を忘れたかのように装ったとのことだった。

改めてその彼を見ると、事務所でへらへらと笑いながら電話をしていて、私の事は一切無視している。

気の弱い私はいる場所もなく帰宅することになる。

それでも、徐々に怒りが増幅し、社長に「今日限りで会社を辞める！」と電話すると、その答えは「全ては彼のやったこと。お前は出張が多いし、一日、二日なら何とかなるのでないかと思って」という答えが返ってきた。

どうして、こんなところで耐えていたかと今では後悔するような劣悪な職場環境であった。

社長に取り入っては陰でしつように腕力をふるう腰巾着に迎合する者以外は虫けらのような扱いであった。虫けらの私は、次から次へとこのようないじめを受ける。幼い頃から言われても言い返すことの出来ない性格であった。そこを巧みにつかれ、徐々に私の心は平衡感覚を無くしていく。ぱっくりと開いた心の傷にその彼は容赦なく大量の塩を塗り込んでくる。

それ以降、現在に至るまで私は事務所で机を振り上げて彼に投げつけようとする夢を定期的に見ることになる。

私は今、会社を辞めて自分の会社を持っているが、この失われた平衡感覚は環境を変えても、すぐに回復するわけではない。

根はとても深い。

二〇年の時を越えても心の深層はその屈辱を決して忘れてはいない。

このように、多くの組織やその構成員の中で、人間の感覚を持たないいじめる側の人々によって、知らないところで、多くの局面で人は自己の人生を痛めている。

それは、どんな美しい心を持った人々でもとても通用しない冷酷非情な世界である。

まさに、いわれもなく突然与えられる個の人生の瑕瑾（かきん）である。

こうした事が、組織のなかでは飽くことなく繰り返されている。

そして、個のうつは進行していく。

シーソーの揺れを調整してくれるのは、ここまで至った場合はやはりクリニックのお医者さんと投薬しかない、というのが私の経験してきた現実である。

しかし、子供の世界も含め、これは一つの社会問題として捉える必要も感じる。

いじめを受ける人に応急処置を加えると共に、いじめをする側の人々のシーソーを根こそぎ取っ払って取り替えてあげる必要を感じる。彼らのシーソーは砂の中に埋まってしまっていて自ら平衡を取り戻すことはもはや困難になっているからである。

激しい表現を許して頂ければ、いじめをする人間は人非人《にんぴにん》である。

彼らは憐憫の感情を持つ人間とはとてもいえない悪魔の言動を取る猛禽である。

しかし、このような姿かたちは人間の格好だが単なる生き物に過ぎない物体にも、人間の心を注入していかなければ、いじめを断ち切ることは出来ない。

裁くのみではいたちごっこである。

そのためには、心を科学することが重要になってくると個人的には考える。

社会、組織、個人間のコミュニケーション、取引（商慣行のみではなく、組織内の内部取引や個の心理的取引も含む）をビッグデータ等を使って徹底的に分析していって、心を科学する！ことが重要だと考える。

いじめる側の心理、いじめられる側の心理の事例を膨大にビッグデータの中に放り込んでデータマイニングすることが必要だと思う。

そこから、教育者の方々に学者の方々に、よりよい心のあり方を科学してもらいたい。

いじめ問題を感情的な周辺的ルートで見るのは観点を誤っている。

より多くの子供達の心を可能性の拡がる未来につなげていくために、大人に投げかけられた大きな課題でもある。


最後に、拙い私の人生の語りをここまで読んで頂いた読者の皆様に深く感謝いたします。

この本は最初書いた時から出版するまで、何度も何度も書き直し一年半の年月を要しました。快くこれらを受け入れてくださったラグーナ出版の森越先生、川畑社長にはお礼の言葉もありません。

ラグーナ出版の森越先生は統合失調症やうつ病の患者さんたちのリハビリ後の社会への復帰場所がなかなかないことに悩んだ末に自ら出版会社を作った私が尊敬する精神科のお医者さんです。

川畑社長からも編集者として多くのアドバイスをいただきました。

最後に、私事で恐縮ですが、私のでこぼこな、ザ、ロングアンドワインディングロードを四〇年以上にわたってぶれなく支えてくれた妻、山元貴子に感謝し、出版後の最初の一冊は彼女に捧げたいと思います。

二〇一七年五月

山元　証

■著者プロフィル

山元　証（やまもと・あかし）

1954年　静岡県榛原郡川根本町（旧中川根町）生まれ。
1978年　慶應義塾大学法学部政治学科卒業。
４年間の大手百貨店勤務の後、親族経営の金属部品製造会社で32年間経営に携わり、海外進出、規格部品の世界シェア獲得に貢献する。
2013年　国内外の町工場支援のために、合同会社Ｙサポートを設立する。法政大学大学院政策創造研究科修士課程に在学中。
・独立行政法人中小企業基盤整備機構関東本部販路開拓コーディネーター
・一般社団法人事業承継協会認定事業承継士
・プロフェッショナルキャリアカウンセラー協会認定エグゼクティブコーチ
・人を大切にする経営学会会員

住所　〒340-0048　埼玉県草加市原町3-9-10
Eメールアドレス　y_supt@jcom.zaq.ne.jp

町工場の宮沢賢治になりたい

二〇一七年五月八日　第一刷発行

著　者　山元　証
発行者　川畑善博
発行所　株式会社 ラグーナ出版
〒八九二－〇八四七
鹿児島市西千石町三－二六－三F
電　話 〇九九－二一九－九七五〇
ＦＡＸ 〇九九－二一九－九七〇一
URL http://lagunapublishing.co.jp
e-mail info@lagunapublishing.co.jp

日本音楽著作権協会（出）許諾第一七〇三七二三－七〇一号

印刷・製本　シナノ書籍印刷株式会社
定価はカバーに表示しています
乱丁・落丁はお取り替えします
ISBN978-4-904380-62-8　C0095